AIGÜES ENCANTADES

Educació 62 • 30

JOAN PUIG I FERRETER

Aigües encantades

Estudi preliminar, propostes de treball
i de comentaris de text a cura
de Jaume Aulet

educaula62

Educaula62
Col·lecció Educació 62

Col·lecció dirigida per Carme Arenas

Disseny de la col·lecció: Malaidea
Disseny de la coberta: Malaidea
Imatge de la coberta: Age
Realització de la coberta: Tamara Sánchez

La primera edició d'aquest llibre va ser publicada
per Edicions 62 l'any 2008

Primera edició en aquest segell: octubre del 2009
Dotzena edició: maig del 2016

www.educaula62.cat
educacio@educaula62.cat

Fotocomposició: Víctor Igual
Impressió: Liberdúplex
Dipòsit Legal: B. 34.535-2011
ISBN: 978-84-92672-43-1

TAULA

ESTUDI PRELIMINAR

AIGÜES ENCANTADES

PROPOSTES DE TREBALL

ESTUDI PRELIMINAR

«AIGÜES ENCANTADES» DE JOAN PUIG I FERRETER

L'AUTOR I EL CONTEXT LITERARI: LA TRAJECTÒRIA D'UN PELEGRÍ APASSIONAT

Joan Puig i Ferreter va néixer el 1882 a la Selva del Camp (Baix Camp). Ja des de ben jove es va identificar amb els ideals del modernisme i va entrar en contacte amb altres companys que, encapçalats per Josep Aladern (pseudònim de Cosme Vidal), formaren el que després hem qualificat com a grup modernista de Reus. Les inquietuds del grup —i també les de Puig i Ferreter, és clar— eren enormes. Entre els anys 1897 i 1898, des de la tertúlia creada a la llibreria que Aladern regentava a Reus sorgiren infinitat de projectes, que anaven des de la creació d'un Institut Català d'Estudis Filològics (al cap, és clar, hi tenien la idea de l'Institut d'Estudis Catalans, que llavors encara no existia) fins a la fundació d'una «Biblioteca dels millors autors el món» en la qual havien de figurar traduccions i obres dels autors catalans contemporanis, passant pel projecte de confeccionar un *Diccionari català*, que havia de ser nacional, dialectal, d'autoritats, del llenguatge antic i modern, amb transcripció fonètica, etimologies i correspondència en vuit o deu idiomes (un diccionari que avui dia encara no existeix) o elaborar tractats de totes les literatures del món (de totes!). Fins i tot tenien en ment una política de museus que permetés fundar-ne de tota mena. La llista dels que proposen és prou curiosa: de pintura, escultura i arquitectura, però també de ventalls, d'armes, de fòssils, de ferros, de rajoles, de pintes, de robes, de pedres, de segells, de postals, d'herbes, de mariscs, d'autògrafs, de retrats, de monedes i de plats i tupins.

Les possibilitats del grup de tirar endavant aquests projectes eren enormement limitades i, a l'hora de la veritat, tot quedà reduït a la creació de la revista *La Nova Catalunya*, a la participació en la premsa local i a l'organització d'una curiosa Festa Druídica que recorda els actes públics de difusió del modernisme que Santiago Rusiñol organitzava a Sitges en aquelles mateixes dates. Aquest contrast enorme entre l'ambició dels projectes i les possibilitats de dur-los a terme, juntament amb l'ideari modernista de l'artista vist com a heroi incomprès per la societat, fa que molts dels membres del grup acabin integrant la tràgica bohèmia negra d'aquell temps i alguns d'ells fins i tot se suïcidin (per a ells el suïcidi era, de fet, un acte heroic). És el cas d'Hortensi Güell, que es va treure la vida el 1899 a la platja de Salou, o d'Antoni Isern, que se suïcidà el 1906 al castell de Burriac (al Maresme), poc després d'un viatge per França que havia fet precisament amb Puig i Ferreter, el qual ja hi havia estat poc abans una llarga temporada. França era la meca de la modernitat i calia anar-hi, ni que fos a peu i vagabundejant-hi. Plàcid Vidal, el germà de Cosme, acabà morint literalment de gana (uns quants anys més tard, això sí) després d'arrossegar-se per les misèries de la bohèmia negra. I el mateix Joan Puig i Ferreter sobrevisqué a dos intents de suïcidi, cosa que potser demostra que la incapacitat arribava a l'extrem de fracassar fins i tot a l'hora de cometre l'acte heroic de posar fi a la pròpia existència.

Paradoxalment, gràcies a aquest doble fracàs, Joan Puig i Ferreter acabà convertint-se en l'únic integrant del grup que aconseguí fer-se un lloc en el panorama literari català del seu temps. El 1899 es traslladà a Barcelona per estudiar-hi Farmàcia, carrera que va abandonar de seguida per dedicar-se a múltiples activitats. Entrà en contacte amb els grups més radicals del modernisme i es donà a conèixer a la premsa literària de l'època, bàsicament com a poeta. Després d'un primer periple de poc més d'un any per terres franceses —l'experiència quedà recollida, anys més tard, a *Camins de França* (1934), unes memòries novel·lades—, Puig i Ferreter es dedicà bàsicament al teatre, tal com veurem més endavant en l'apartat corresponent. És un període literàriament molt actiu que aniria des de 1904 fins a 1914. Durant aquests anys també es llicencià en Història i aconseguí sobreviure treballant de periodista en diaris com ara *La Vanguardia*, *El Día Gráfico* o *La Tribuna*. Al cap d'un temps ell mateix narrà les misèries de la professió a *Servitud. Memòries d'un periodista* (1926), unes memòries novel·lades —i enormement crítiques— que parteixen de l'experiència de la feina en la redacció d'un gran diari.

Durant els anys àlgids del Noucentisme, que podríem situar bàsicament entre 1911 i 1923-25, els escriptors modernistes fidels a les idees de l'individualisme i la consciència heroica quedaren rellegats a un paper pràcticament inexistent. Puig i Ferreter féu un intent d'adaptar el seu teatre a la nova situació —també ho veurem tot seguit—, però de seguida se'n desencantà. Molts d'aquests vells modernistes trobaren la sortida en la novel·la, just en un moment en què la crisi del Noucentisme obligà a repensar la importància del gènere en el camí cap a la recuperació del públic lector. Puig i Ferreter s'hi llançà de ple i es convertí en un novel·lista important (tant per la gran quantitat d'obra publicada com pel reconeixement que acabà obtenint). Ell mateix parla en una nota del seu dietari de l'any 1943 del «pressentiment que vaig tenir als quaranta anys, en començar a fer novel·la, que jo havia trobat la meva vena, el meu tresor» (el dietari es publicà el 1975 amb el títol *Ressonàncies. Diari d'un escriptor*).

Hi ha una dada prou reveladora: el naixement del novel·lista es produeix gràcies a les plataformes de difusió de la literatura popular. Les col·leccions setmanals de novel·la curta tingueren una importància decisiva en la represa del gènere a partir de 1925. Aquesta dedicació al gènere s'inicià, precisament, el 1925 amb la publicació de *L'home que tenia més d'una vida*, novel·la guanyadora d'un dels premis del concurs que havia instaurat «La Novel·la d'Ara», una d'aquestes col·leccions populars de novel·la curta. I l'any següent, amb *Els tres al·lucinats* (1926) —novel·la que de curta ja no en té res—, tornà a guanyar el mateix guardó de «La Novel·la d'Ara», que hagué de publicar l'obra en tres volums. La dada és prou significativa: la col·lecció havia convocat tres premis per a tres novel·les curtes: una de tema lliure, una de psicològica i una altra de sentimental. A l'hora de la veritat Puig i Ferreter s'emportà tots tres premis (i els diners de tots tres, és clar) perquè el jurat considerà que amb *Els tres al·lucinats* l'autor era capaç d'oferir, alhora, la millor obra de tema lliure, psicològica i sentimental, encara que fos en un volum que triplicava l'extensió habitual dels títols de la col·lecció. Senyal, doncs, que des de les plataformes populars s'impulsà també el ressorgiment —a partir de 1925— d'un tipus de novel·la que va més enllà de la literatura popular. La trajectòria puigiferreteriana permet il·lustrar-ho perfectament.

Literàriament, les novel·les de Puig i Ferreter d'aquesta època s'acosten força a les d'altres escriptors modernistes que visqueren experiències similars a les seves durant el Noucentisme, com Pere Coromines i especialment Prudenci Bertrana. Són obres de caràcter eminentment autobiogràfic —moltes d'elles són, de fet, memòries novel·lades— en les quals el protagonista és sempre un individu que es manté fidel al seu ideari tot i que això li comporti la marginació. Constitueixen, en aquest sentit, novel·les d'autojustificació en les quals —com és lògic— costa destriar on acaba l'experiència real i on comença la idealització que l'autor construeix des de la ficció. En altres casos el protagonista deixa de ser estrictament autobiogràfic per convertir-se en un *alter ego* de l'autor (un personatge que davant d'una determinada situació actua de la mateixa manera que ho hauria fet l'autor, per entendre'ns). Aquest afany d'autojustificació, que en molts casos és també un desig de transmetre un ideari de manera més aviat didàctica, fa que la tècnica quedi una mica en segon terme. Generalment és una narrativa escrita en tercera persona, amb un narrador omniscient (que sap el que està passant en tot moment i a tot arreu) i amb recursos estilístics que recorden els de la novel·la més clàssica del realisme i el naturalisme del segle XIX. Pensem que som en un moment que en el context internacional s'està produint un gran debat entorn de les tècniques narratives: el monòleg interior, la desaparició del narrador, la manera de narrar el pas del temps, la influència dels nous mètodes de la psicologia moderna, etc. Les novel·les de Puig i

Ferreter, o les d'altres autors com ell, en canvi, es preocupen ben poc d'aquestes coses. Els paral·lelismes, en tot cas, hem de buscar-los en el tipus de desplegament narratiu de la novel·la russa més clàssica (amb Dostoievski com a principal referent). En aquest sentit podem parlar fins i tot d'un salt enrere respecte a les aportacions del gènere durant el modernisme, amb obres literàries de primer ordre com ara *Solitud* de Víctor Català o *Josafat* del mateix Prudenci Bertrana.

Els dos premis del concurs de «La Novel·la d'Ara», amb *L'home que tenia més d'una vida* i *Els tres al·lucinats*, respectivament, són l'inici d'una extensa trajectòria amb títols com ara *El cercle màgic* (1929) —amb el qual s'endugué el premi Crexells, que en aquell moment era el més prestigiós pel que fa al gènere—, *La farsa i la quimera* (1936) o el recull de contes *Una mica d'amor* (1927), a més dels volums ja esmentats de memòries novel·lades (*Servitud* i *Camins de França*), als quals cal afegir *Vida interior d'un escriptor* (1928). Puig i Ferreter obtingué així una certa consolidació com a escriptor, a la qual ajudà força el fet que el 1928 entrés a treballar de director literari d'Edicions Proa, una de les editorials més prestigioses del moment. Durant els anys de la República entrà també en política de la mà d'Esquerra Republicana, que en aquell moment era el partit hegemònic a Catalunya, i arribà a exercir algun càrrec en plena guerra civil. Concretament va ser el responsable de la gestió dels diners que la

Generalitat destinava a la compra d'armes a l'estranger.

El 1939, amb l'entrada del feixisme i l'ocupació militar de Catalunya, Puig i Ferreter s'exilià a França —on vivia ja, de fet, des de 1936—, i on hagué de suportar una agra polèmica a propòsit de la destinació final dels fons econòmics que havia gestionat per encàrrec del govern. Fruit d'aquesta polèmica és el retrat que en féu Ferran Canyameres a *El gran sapastre. Vida exterior d'un escriptor* (escrita a principis dels quaranta però no publicada fins al 1977), una obra molt crítica que, paradoxalment, pel que fa al tipus de narrativa segueix en bona mesura el mestratge puigiferreterià. Sigui com sigui, és cert que Puig i Ferreter pogué destinar, sense gaires preocupacions econòmiques, aquests darrers anys de la seva vida a un gran projecte literari que seria la culminació de tota la seva carrera com a novel·lista: unes extenses memòries novel·lades en dotze volums que, amb el títol genèric d'*El pelegrí apassionat*, constitueixen un projecte enormement ambiciós i un esforç que, en bona mesura a causa de les circumstàncies de l'època, no fou ni ha estat mai adequadament valorat.

«Sóc millor escriptor que abans. Escriu tot l'home en mi. I més just i precís. Per això em dic més artista que abans. [...] Vull mostrar com sóc un savi artista i no un espontani inspirat, amb una certa força natural», afirma Puig i Ferreter en una nota de dietari de 1943. Les característiques d'*El pelegrí apassionat* són les mateixes ja assenyalades pel que fa a la narrativa de preguerra, però l'abast del projecte fa que quedin amplificades, cosa que atorga a la proposta un mèrit indubtable, però que al mateix temps deixa més en evidència encara la poca preocupació tècnica i algunes de les obsessions autojustificatives de l'autor. No és estrany, per exemple, que un dels dotze volums es tituli *La traïció de Llavaneres* (1961) i hàgim de llegir-lo com una rèplica al retrat que Ferran Canyameres tenia a punt per publicar. Respecte a les qüestions tècniques i estilístiques, és prou significativa —no només pel que hi diu, sinó també per com ho diu— aquesta altra citació del dietari de 1943, quan l'autor estava plenament dedicat als volums de la seva darrera obra: «No oblidar mai que la meva força no està en l'estil. Si volgués ésser un estilista, el seria mediocre. Ésser clar, senzill, directe, per a mi és el suficient. Desitjo ésser ric d'altres coses que de formes i paraules».

Joan Puig i Ferreter morí a París el 1956 sense haver tornat a Catalunya i sense veure culminat el seu darrer gran projecte. Treballà en *El pelegrí apassionat* durant quinze anys (entre 1938 i 1952), però només veié publicats quatre dels dotze volums, que anaren apareixent entre 1952 i 1977 gràcies en bona part al fet que l'autor facilità el 1950 la represa d'Edicions Proa a l'exili.

Durant el modernisme Puig i Ferreter fou conegut sobretot com a dramaturg. El primer que va escriure van ser uns *Diàlegs dramàtics* que es publicaren el 1904 i que no estan ben bé pensats per ser representats. Són peces curtes a través de les quals es plantegen controvèrsies entre personatges que representen idearis i actituds diferents. Estan formalitzades a través de les convencions teatrals, però no són pròpiament obres de teatre. Ni tan sols no podem parlar de teatre d'idees. En tot cas serien idees lleugerament teatralitzades. Encara el 1906 aparegué un segon volum amb aquestes mateixes característiques. Són els *Diàlegs imaginaris*, ara ja més centrats —això sí— en la figura de l'artista que lluita per transmetre el seu ideal poètic. És cert que alguns d'aquests diàlegs ofereixen dades de caràcter autobiogràfic, la qual cosa ja és prou significativa i ens dóna un tret que serà dels més característics de tota l'obra literària puigiferreteriana.

La primera obra pròpiament teatral que publicà i que pujà als escenaris fou *La dama alegre* (1904), una peça que tingué un cert èxit de públic i de crítica. També és cert que veié la llum després d'una polèmica. L'obra havia d'estrenar-se al Romea de Barcelona, que en aquell temps era la sala més important del teatre en llengua catalana. L'empresari, però, obligà a canviar el final de l'obra perquè el considerava moralment poc adequat i a suprimir fins i tot alguns petons del primer acte. L'autor lògicament no hi accedí, i hagué de retirar la peça i estrenar-la en una altra sala. La protagonista inaugura la saga de «dames» puigiferreterianes. És una dona «alta i ben feta, guapa, fresca, amb una extraordinària vivesa d'expressió en tots els detalls de son rostre», amb una conversa que «té moments de franquesa esbojarrada, vius i espontanis com un desbordament de la seva ànima» i «amb aspecte intel·ligent i desimbolt». Així si més no la presenta l'autor en l'acotació escènica corresponent. La protagonista es contraposa a la figura del fill (que a més es diu August), un intel·lectual sense projecte vital que no pot entendre l'actitud de la mare. Al darrere apareix, ja de manera ben explícita, el model del dramaturg noruec Henrick Ibsen i del teatre d'idees —d'idees bàsicament vitalistes— que tant influiria en el modernisme català i que apareix com a rerefons modèlic en tota la producció dramàtica del Puig i Ferreter d'aquests anys.

L'èxit de *La dama alegre* no tingué continuïtat en els anys immediatament posteriors. Ho intentà amb obres com *El noi mimat* (1905), *Arrels mortes* (1906) i *La bagassa* (1906), un text —aquest últim— que no s'ha conservat. Tornem a trobar-hi un teatre d'idees i de passions, de clara influència ibseniana. És fàcil detectar-hi personatges que responen a trets autobiogràfics degudament sublimats per exalçar la figura heroica. És el cas, per exemple, del protagonista d'*Arrels mortes*, un jove que ha anat a la capital a estudiar Farmàcia —el mateix que va fer Puig i Ferreter pocs anys abans, recordem-ho— i que torna al seu poble, ja graduat (l'autor amb prou feines acabà el primer curs, recordem-ho també), amb la intenció de donar-hi a conèixer tot el que hi ha après (la modernitat, en definitiva). Tot i que aquí el protagonisme queda més ben definit i tot plegat és encara més esquemàtic, l'argument recorda força la trama bàsica del que acabarà essent *Aigües encantades*. També ara el protagonista acaba marxant (aquest cop a l'estranger) i desvinculant-se d'unes arrels que considera que estan mortes i corcades.

El 1908 és l'any realment culminant pel que fa al teatre de Puig i Ferreter. Hi publicà i estrenà les seves dues obres més significatives: *La dama enamorada* i *Aigües encantades*, al mateix temps que donà a conèixer el seu text teòric més important: la conferència titulada *L'art dramàtica i la vida*, pronunciada en un teatre de Barcelona i que s'edità també en forma d'opuscle. Es tracta, sens dubte, de la consagració de Puig i Ferreter com a escriptor modernista. *La dama enamorada* és, probablement, la seva obra més reeixida. Tot i així, la versió de 1908 és força diferent de la que després acabaria donant com a definitiva. A partir de l'experiència autobiogràfica del viatge per França, l'autor elabora la història d'un personatge anomenat Abel (un altre nom ben significatiu), que és un *alter ego* idealitzat de l'autor: una persona intel·ligent, lúcida, atractiva i amb inquietuds artístiques, que treballa a la masia d'una vídua francesa i que per motius laborals s'ha d'entendre amb el fill de la protagonista: un noi gelós, poc dotat per a la vida i que esdevé el contrapunt d'Abel. La passional relació amorosa que s'estableix entre el nouvingut i la dama, juntament amb les inquietuds malaltisses del fill, facilita que la història acabi en tragèdia, però no impedeix que al final Abel acabi marxant, més seduït per l'aventura i la recerca de noves experiències que no pas per la possibilitat d'establir-se en un lloc fix. La primera versió, en cinc actes, dóna molta importància a la contraposició entre allò que representa la dama (la vida plàcida i establerta d'una propietària rural) i la decisió vital del protagonista de marxar amb un vagabund de sobrenom ben simbòlic (Llarg de Camins). El conflicte amorós, doncs, queda en segon terme per donar relleu a la contraposició entre dues actituds vitals. «Maleïts siguin els teus passos!», diu ella en la rèplica que tanca l'obra, la qual cosa ja és prou representativa de la prioritat que es dóna a aquesta contraposició. Tot l'acte quart, a més, està ambientat en relació directa amb la natura, la qual adquireix unes connotacions simbòliques molt típiques del modernisme.

La conferència *L'art dramàtica i la vida* [se'n reprodueix un fragment a l'apartat de «Textos complementaris», p. 180] és una bona declaració de principis per entendre el fonament modernista —essencialment vitalista— que hi ha sempre al darrere del teatre de Joan Puig i Ferreter. El punt de partida és el lligam indestriable entre art i vida. L'artista —el Poeta (una terminologia genèrica ben pròpia del modernisme)— és l'encarregat d'establir aquests lligams, de manera que esdevé un ésser privilegiat: «un instructor, un conductor de l'home». I el teatre és «un temple, una acadèmia que [el creador] obre de bat a bat al poble perquè vagi allí a sadollar-se de l'essència de les coses». En les orientacions finals acaba defensant la renovació del gènere, la desaparició de l'escena d'unes obres que no fan més cosa que posar sobre la taula la banalitat de la vida quotidiana i substituir-les per un model «que estremeixi els batecs de l'Ànima i de la Idea Universal». La retòrica inflamada —val a dir-ho— duu fàcilment fins a expressions d'aquest tipus, que són molt espectaculars, però de dubtosa concreció. Això no obstant, la idea de fons és ben clara i, de fet, gens innovadora: el teatre ha de divertir el públic, però també educar-lo. Ja ho deien els clàssics. És el didactisme que moltes obres de Puig i Ferreter —i especialment *Aigües encantades*— deixen ben a flor de pell. En aquest sentit la conclusió de la conferència és ben evident: «Que aquesta art ressusciti amb tota la seva força i esplendor, que el poble trobi l'esplai i educació en les obres de teatre, que vegi allí glorificada la seva existència en tot lo noble, i fuetejada en tot lo baix; que les accions dels homes s'encarnin en un heroi i que el geni d'un excels poeta segelli tot això amb la seva pura flama i aleshores el nostre teatre serà el temple del poble».

És ben cert que una bona part dels procediments retòrics que Puig i Ferreter empra en la conferència són un mecanisme de defensa per contraposar les seves idees a les dels nous intel·lectuals noucentistes, els quals, alerta!, no eren pas més joves que ell. Tot i els esforços, el Noucentisme va guanyant hegemonia i això fa que dramaturgs com Puig i Ferreter vagin quedant molt en segon terme. Les seves obres teatrals posteriors al 1908 exemplifiquen aquest fenomen. Són peces menors, que reprodueixen uns esquemes similars sense que això interessi ja gaire a un mercat que està acostumat a consumir productes eminentment populars o a un públic més culte que no acaba d'interessar-se per un teatre concebut des del didactisme i des d'un ideari amb el qual difícilment pot identificar-se. Ho advertim en obres com ara *Drama d'humils* (1909), *El gran Aleix* (1912) o *La dolça Agnès* (estrenada el 1914 però que no arribà a publicar-se, tot i que podem recuperar-ne una versió gràcies a un dels volums d'*El pelegrí apassionat*).

A poc a poc, però, Puig i Ferreter s'anà desenganyant. Les seves obres van quedant més espaiades en el temps i sembla com si l'autor dubtés sobre la trajectòria a seguir. Passava el mateix amb altres dramaturgs de característiques similars, com ara Josep Pous i Pagès o Pompeu Crehuet. Feren l'esforç d'adaptar-se a la nova situació, de plantejar un teatre per a un nou públic burgès que volia veure en escena una mena de conflictes diferents i, sobretot, que no el fessin sentir incòmode. Pensem que són els anys de l'alta comèdia, del teatre de saló i del *Civilitzats, tanmateix* (1921), el títol més emblemàtic d'un comediògraf com Carles Soldevila, que se situa ja en uns altres paràmetres. Alguns, com el mateix Pous i Pagès, se'n sortiren prou bé. D'altres —és el cas de Puig i Ferreter— no van acabar de fer el pas, ni per convicció ni segurament tampoc per capacitat a l'hora de treballar amb un llenguatge subtil, ple dobles intencions i d'eufemismes. No era el seu estil, certament. Podem veure-hi intents d'aproximació en obres com *El gran enlluernament* (1919), *Si n'era una minyona...* (1918) o *L'escola dels promesos* (1922), dos títols, aquests últims, que semblen ben bé extrets del catàleg de Carles Soldevila. En la primera de les tres, per exemple, es reprodueix el típic triangle entre la dona (Júlia) i els dos amants: l'home d'empresa (Marcel) i el que representa les inquietuds artístiques (Carles). Aquest darrer és «el gran enlluernament» de Júlia, però ara els valors absoluts autèntics són els que exemplifica Marcel, per la qual cosa l'artista no només ha d'acabar renunciant, sinó que se'l commina a marxar.

Entremig hi ha altres obres —també menors— que mantenen més fermament les constants del teatre vitalista anterior. Són peces com ara *Les ales de fang* (1919), que torna a ser d'ambientació rural i amb elements autobiogràfics, o *La dama de l'amor feréstec* (estrenada el 1921 i publicada el 1922), una tercera incursió —més limitada que les altres dues— en el joc de dames particular del dramaturg. Aquestes vacil·lacions expliquen que fins i tot hi hagi un intent —poc reeixit— d'aproximar-se al model del poema dramàtic, que Josep M. de Sagarra acabaria acaparant com a propi, amb *La senyora Isabel* (1917), escrita en vers i ambientada a Tremp a mitjan segle XVIII.

La nova versió de *La dama enamorada* (1924, amb retocs encara el 1928) és, de ben segur, l'intent més seriós de tirar endavant el procediment d'adaptació a uns nous gustos sense fer una renúncia excessiva a les pròpies conviccions. Puig i Ferreter en simplifica la trama —passa de cinc actes a tres—, dóna molt més protagonisme al triangle que es produeix entre els dos protagonistes i el fill gelós i, d'alguna manera, prioritza el conflicte psicològic —el tema de l'amor, doncs, hi guanya protagonisme— per damunt del contrast entre dos models de vida. Aquell «maleïts siguin els teus passos!» del final de 1908 es converteix ara en un «Fillet! Jo no hi havia pensat en el teu cor!», amb què la dama reacciona davant el desenllaç tràgic del conflicte amorós i psicològic. (Cal dir, ni que sigui només com a acotació final entre parèntesis, que els experiments de la dramatúrgia moderna han fet que comptem amb una tercera versió de *La dama enamorada*, publicada el 2001 i estrenada el mateix any al Teatre Nacional de Catalunya, que vol ser una síntesi de les dues que va fer l'autor. Així doncs, a la dama alegre, a l'enamorada i a la de l'amor feréstec, se n'afegeix una quarta que té alguna cosa de reconstrucció biònica. Potser no calia.)

Com ja sabem, els dubtes que el teatre de Puig i Ferreter d'aquests moments posava de manifest s'esvaïren quan el dramaturg decidí convertir-se en novel·lista. L'epíleg final a la seva carrera teatral és una paròdia agra i ressentida sobre la situació del gènere i l'èxit comercial de l'alta comèdia, que estrenà el 1923 amb el títol d'*Un home genial*, però que no es publicà fins al 1972. Cristòfol Folldringant (pseudònim de Jaume Arbellera) és el comediògraf «genial» que ha de satisfer les exigències de l'empresari de La Rialla Contínua —el qual necessita urgentment un nou títol per continuar omplint-se les butxaques— i de la primera actriu de la companyia, que només vol un paper de lluïment que li permeti arribar a un mínim de cent representacions. El protagonista no suporta més aquesta absurda activitat voraginosa i, aconsellat per un filòsof amic seu, decideix renunciar al teatre: «Jo me'n vaig amb aquest amic a fer una vida de silenci, d'estudi, que ja em començava a pesar aquesta farsa», diu en la rèplica final. La renúncia del personatge és també, certament, la de Puig i Ferreter.

Aigües encantades (1908) és —dèiem—, juntament amb *La dama enamorada*, l'obra de teatre més interessant i característica de Joan Puig i Ferreter. I no només per l'interès literari i dramatúrgic que la peça pugui tenir, sinó també perquè exemplifica a la perfecció els objectius i les característiques del teatre de l'autor en aquell moment, així com els trets i les influències —i també les limitacions— del gènere durant el modernisme català. A l'hora de concebre *Aigües encantades*, Puig i Ferreter s'emmiralla en els models que més l'interessen i que té més a mà. Sembla clar que el referent indubtable és el dramaturg noruec Henrick Ibsen, que és un dels punts de referència bàsics del teatre modernista de caràcter més vitalista. Un dels trets definidors de bona part de la literatura modernista és la introducció a Catalunya d'aquells models estrangers que poden ser considerats moderns. I introduir-los no és només divulgar-los o traduir-los, sinó també adaptar-los o, més directament, imitar-los. La intenció no consisteix sempre a obtenir una obra autènticament original —que també n'hi ha, i moltes, és clar—, sinó a incorporar aquells trets i aquelles constants que són vistes com a paradigma de la modernitat. Ni que el fet d'imitar-les ja no ho sigui, pròpiament, de modern.

Amb *Aigües encantades*, Puig i Ferreter no és pas el primer que fa aquesta operació. La podem trobar en una bona part de les obres de l'Ignasi Iglésias d'aquests anys —encara que sigui amb l'afegit d'un cert paternalisme moral que sobrepassa els límits del model— o en algunes de les primeres peces de Josep Pous i Pagès. A *El mestre nou* (1903), per exemple, Pous planteja una situació que té molts paral·lelismes amb la de Puig i Ferreter: un mestre nou arriba a un poble rural i ha de lluitar ell tot sol contra el poder dels cacics locals, que no volen pas que el mestre faci la seva feina educativa i, per tant, conscienciï els nens dels problemes inherents a la realitat on viuen. Tots els trets comuns entre aquesta obra i *Aigües encantades* són elements que remeten al model ibsenià: l'heroi revoltat, l'individualisme, la lluita individu-societat, el fet de prioritzar un conflicte plantejat en termes individuals més que no pas com un problema de lluita de classes socials, el procés de conscienciació que duu a la voluntat i a l'acció, la contraposició entre la tradició i les idees modernes vingudes de fora i encarnades en algú que té una formació intel·lectual o el component didàctic a l'hora de transmetre un ideari.

En l'anàlisi d'*Aigües encantades*, aquests trets bàsics relacionats amb el model del teatre vitalista es poden analitzar des de tres aspectes complementaris: les idees, la manera de presentar-les i la caracterització dels personatges. Pel que fa a les idees, queda molt clara la contraposició que es produeix entre uns valors positius i uns de negatius. Els positius s'associen a la idea de modernitat i al procés d'individualització (consciència, voluntat, acció), mentre que els negatius queden vinculats al conservadorisme i a la manipulació provinent de la creença religiosa. Una altra d'aquestes idees bàsiques està relacionada amb la importància de l'heroi a la societat: la fidelitat a unes conviccions, la voluntat messiànica del sacrifici per la col·lectivitat o el convenciment que l'acte heroic té valor per ell mateix encara que sigui estèril. De fet, aquest és un dels trets que distingeixen l'individu amb arrels vitalistes de la resta de persones: «És tan hermós un gest heroic encara que sigui inútil!», diu Cecília en el diàleg final.

En totes aquestes qüestions el plantejament és molt esquemàtic —més que en la gran majoria d'obres d'Ibsen, certament—, però malgrat tot hi ha alguns matisos que cal tenir ben presents per no errar la lectura. No tot es redueix, per exemple, a una simple contraposició entre el camp i la ciutat, en el sentit que el camp quedi associat a la tradició i la ciutat a la modernitat. El Foraster pot representar el que representa, pot treure rendiment de la natura, perquè en té un coneixement aprofundit i perquè ha sabut viure-hi en harmonia. Això fa que les seves vies de coneixement no siguin únicament racionals i científiques (no és un positivista a la manera com plantejaria el tema el naturalisme del segle XIX), sinó que fa servir altres formes de descoberta de la realitat, com ara la suggestió o l'emoció, les quals són, de fet, les que el converteixen en un heroi amb capacitat per establir una relació profunda amb el món que l'envolta [aquesta qüestió queda més aprofundida en el primer dels dos comentaris que es proposen en l'apartat de «Comentari de text» d'aquesta edició]. I no oblidem tampoc una altra cosa: després del discurs de mossèn Gregori plou i no s'apunta cap explicació racional o científica que justifiqui que la pluja aparegui just en aquell moment. La natura, d'alguna manera, manté el seu component misteriós i difícilment abastable. És clar que aquest aspecte, que podria tenir molt rendiment, només queda lleugerament apuntat perquè es podria girar en contra de la moralitat pretesa per l'autor.

Un altre matís que cal tenir present a l'hora d'evitar un esquematisme excessiu és el joc simbòlic que s'estableix a partir d'un dels aspectes bàsics de la iconografia tant romàntica com modernista: la localització a la zona alta o a la baixa. Per a Àngel Guimerà la terra baixa que dóna nom a la seva obra més famosa era el paradigma del mal i de la corrupció, mentre que la terra alta era la font de la ingenuïtat i la idealitat. També hi ha peces típicament modernistes en les quals es manté aquesta mateixa dualitat. És el cas, per exemple, de *Cigales i formigues* (1901) de Santiago Rusiñol —també amb un problema d'aigua i de sequera per entremig—, on els personatges que representen l'ideal artístic viuen al capdamunt de la muntanya mentre que el poble, inconscient i antiartístic, viu a la plana. A *Aigües encantades* aquest dualisme funciona a la inversa: la zona alta és la de l'aïllament i la incultura, mentre que la baixa —d'on prové el Foraster i on estudia Cecília— és la que dóna l'educació, l'obertura al món i la possibilitat d'accedir a la natura des d'una altra perspectiva molt més aprofundida i completa. Puig i Ferreter queda lluny del tipus de mitificació romàntica del Guimerà de *Terra baixa* i del component decadentista de les obres de teatre del Rusiñol de l'estricte tombant de segle, tot i els paral·lelismes que pugui haver-hi entre el plantejament simbolista de Rusiñol i el tractament regeneracionista i vitalista (amb elements simbòlics, sí, però sense un component estrictament simbolista i molt menys decadentista). És més: hi ha algun moment de l'obra en què s'insinua una crítica velada al regust esteticista. Així, quan apareix un tòpic tan típicament decadentista com el de l'efecte estètic que provoca la contemplació d'una processó, l'element es posa en boca dels personatges que, com Pere Amat, mossèn Gregori o Juliana, representen les actituds més retrògrades. El que impressiona el Foraster o Cecília, no són les processons, sinó altres coses més vitals. Els valors estètics provenen, doncs, de la perspectiva a partir de la qual es planteja l'aproximació a la realitat i no pas de llegendes que, com la religiosa, substitueixen el plaer del coneixement per un simple acte de fe.

Pel que fa a la manera de presentar les idees,

aquí sí que hem d'anar a parar de ple en el didactisme. No podem buscar-hi una gran densitat de plantejaments —tot i les opinions manifestades per alguns crítics—, sinó que tots els elements de la peça s'elaboren des d'un cert esquematisme. I això val tant per l'argument de l'obra (en les primeres converses o en les acotacions de presentació dels personatges ja queden perfectament aclarides les posicions de cadascú) com en la manera de formalitzar aquest argument. Així, per exemple, la primera escena és un diàleg entre Vergés i Cecília que serveix per plantejar el conflicte, i l'última torna a ser un nou diàleg entre els dos mateixos personatges, ara per presentar el desenllaç i extreure'n les conclusions oportunes [en l'apartat de «Comentari de text» d'aquesta edició n'hi ha un, d'aquest diàleg final, precisament]. D'aquesta manera l'estructura de la trama queda perfectament arrodonida i tancada. De tots els interlocutors, Vergés és l'únic que deixa que ella s'expliqui. I cada una de les seves rèpliques són, de fet, autèntiques propostes didàctiques sobre com cal reaccionar davant de la situació i com cal plantejar un procés vitalista d'individualització centrat en la consciència, la voluntat i l'acció.

D'altra banda, el projecte del Foraster —però també la manera com cal llegir-lo i interpretarlo a partir del tipus de relació que estableix amb la natura— queda explicitat en el seu monòleg del segon acte, complementat amb el monòleg de presentació que fa Vergés i contraposat al de mossèn Gregori, que il·lustra una altra forma de predicació. Tres monòlegs, doncs, un darrere l'altre, que s'adrecen molt directament a tot l'auditori (i no només al que formen els personatges que escolten, sinó al dels lectors i espectadors a qui l'autor es dirigeix amb el mateix afany conscienciador). A la vista d'aquestes simplificacions didàctiques, no és estrany que Joan Maragall, en la carta que envia a Puig i Ferreter després de llegir l'obra, parli de «drama *manqué*» [la carta està reproduïda en l'apartat de «Textos complementaris» i val molt la pena llegir-la sencera].

Fins i tot a l'hora de triar un argument l'autor s'ha servit de trets molt evidents per il·lustrar la fidelitat al model. S'ha dit més d'una vegada que darrere de la trama d'*Aigües encantades* hi ha el referent d'*Un enemic del poble* d'Ibsen. En efecte, les similituds són notables. En la peça ibseniana també hi ha un conflicte amb les aigües d'un poble —en aquest cas d'un balneari—, que són les que proporcionen la riquesa econòmica de la zona (amb tots els interessos que això comporta). El doctor Stockmann, el metge del balneari —un altre personatge amb formació intel·lectual—, és qui denuncia que les aigües estan contaminades i per tant no haurien de ser utilitzades. La seva lluita per convèncer la col·lectivitat el duu fins a la soledat i la marginació, però també a la convicció de la fortalesa que proporciona el fet de mantenir-se fidel a unes idees [una de les «Propostes de treball» d'aquesta edició ofereix més informació sobre els paral·lelismes entre *Un enemic del poble* i *Aigües encantades*].

Els personatges tampoc no estan pensats per donar complexitat a l'obra. Més aviat el que es pretén és representar un ventall ben ampli de la societat i cada un d'ells exemplifica una sola posició en aquest ventall, amb pocs matisos, la qual cosa els converteix també en personatges esquemàtics. L'assignació de papers és tan clara, que fins i tot els personatges que evolucionen al llarg de l'obra i varien la seva manera de pensar no aporten complexitat a la reflexió, sinó que caracteritzen el paper que se'ls assigna, que no és altre que exemplificar aquesta evolució. L'alcalde Joan Gatell és en aquest sentit un cas ben paradigmàtic, però també els lleugers indicis de presa de consciència de Juliana, la mare de Cecília. El cor de personatges del començament del segon acte és un bon moment per completar el ventall previst. Des de Romanill, un home «alt i ben fet», independent, amb idees clares i en bona relació amb la natura (per alguna cosa és pastor, un ofici molt connotat en la literatura modernista, especialment des que el 1905 Víctor Català publicà la seva novel·la *Solitud*, molt poc abans que Puig i Ferreter es posés a escriure *Aigües encantades*), fins al Manso (un carlí que viu ja en una absoluta decadència), passant pel senyor Vicenç, un vell intel·lectual pessimista, fracassat i mancat de vitalitat que està disposat a transmetre la seva herència al pastor Romanill (malgrat que gairebé no sap ni llegir ni escriure). Fins i tot els personatges innominats exerceixen el seu paper predeterminat com a massa anònima contraposada a la individualitat. No és estrany que actuïn contra el Foraster al final del segon acte, el qual acaba justament amb la referència mig al·legòrica a un ramat d'ovelles que es mulla. Tampoc no ha d'estranyar que l'autèntic antagonista sigui Pere Amat, un cacic i propietari rural que és presentat com un tirà, sense cap escletxa possible. Cal saber que l'autor tenia una dèria especial contra els propietaris rurals i més d'una vegada els converteix en personatges extremament negatius. L'obsessió té, de fet, connotacions autobiogràfiques. Puig i Ferreter era fill natural d'un propietari que mai no el va voler reconèixer, cosa que el marcà profundament.

Cecília i el Foraster exemplificarien, és clar, el pol positiu del ventall. Tots dos són personatges típicament ibsenians, però responen a matisos lleugerament diferents del model. El Foraster, molt més simbòlic —per això no té ni nom—, és l'autèntic heroi sobre el qual recauen tots els valors de l'individualisme, del vitalisme i del coneixement intuïtiu i suggestiu del món. Fins i tot els seus trets físics són nòrdics i germànics, com els dels herois d'Ibsen o de Nietzsche, i en les seves estades a l'estranger —així ho especifica Vergés en la presentació que en fa— ha estat a França, a Alemanya i als països del nord d'Europa, un periple prou significatiu.

Cecília exemplifica un altre prototipus ibsenià: el del personatge que, des de la consciència, acaba prenent una decisió que l'individualitza respecte a la resta de la societat. Tinguem present que Ibsen molt sovint planteja el dilema des de la perspectiva del personatge femení (a *Casa de nines* o a *Hedda Gabler*), amb la qual cosa —i més en el context de l'època— l'acció que en resulta té molta més repercussió social. I fixem-nos que parlem de Cecília com a «prototipus». En efecte: no som davant d'un personatge especialment complex (en aquest sentit té poc a veure amb la Nora de *Casa de nines*, per exemple), sinó d'un «caràcter» que, com a bona estudiant de Magisteri, va desplegant de forma previsible la proposta didàctica que l'ha de dur fins a la decisió final.

Vergés, l'interlocutor que facilita aquest desplegament, és el paradigma del dubte i la vacil·lació, una de les múltiples opcions del ventall. Els ideals que el mouen no són els més adequats (es mou per amor, però no per la passió de les idees) i, en part per aquesta limitació del seu caràcter, pot accedir a la consciència, però no a la voluntat ni a l'acció [la caracterització d'aquest personatge queda més ben explicada en els dos comentaris de l'apartat de «Comentaris de text»].

Si Cecília i el Foraster il·lustren dos matisos del model ibsenià, podem preguntar-nos quin dels dos és l'autèntic protagonista de l'obra. També en aquest aspecte el plantejament de Puig i Ferreter té un punt de didàctic. L'autor construeix una trama que planteja dos desenllaços diferents per als dos conflictes complementaris que exemplifiquen aquests dos personatges. No són tres actes amb una típica estructura de plantejament, nus i desenllaç, sinó que més aviat és un plantejament en el primer acte i dos desenllaços paral·lels. El segon acte és el del Foraster (Cecília pràcticament ni tan sols no posa els peus en escena, només hi apareix fugaçment al final) i exemplifica el contrast més directe entre l'individu i la societat a la manera d'*Un enemic del poble*; mentre que el tercer acte és el de Cecília, amb la culminació del procés d'individulaització i amb un plantejament més proper al de *Casa de nines*. Són dos finals, doncs, per a una mateixa obra. Per això tant el segon acte com el tercer acaben amb una fugida gairebé simbòlica i típica per a una baixada definitiva de teló.

Per acabar, val la pena fer també alguna referència al realisme de l'espai escènic. Les principals obres d'Ibsen —i també, és clar, les dels seus seguidors— estan muntades sobre un escenari estrictament realista. Hi ha qui ha parlat de teatre naturalista, fins i tot, fent ús d'una terminologia que segurament és excessivament restrictiva. Si mirem les acotacions escèniques inicials dels dos primers actes d'*Aigües encantades* —que és on es caracteritzen els dos escenaris en els quals es desenvolupa l'obra— podrem observar el detallisme propi d'aquesta ambientació realista. És un recurs típic per tal que l'espectador tingui clar que allò que es vol escenificar és «un tros de vida», un instant extret de la realitat, i pugui identificar-lo. Això no impedeix que alguns dels elements que caracteritzen aquesta realitat puguin tenir connotacions simbòliques: l'aigua (i, per tant, el fet que plogui en escena), el so de les campanes en certs moments o determinades expressions de to suggeridor a l'hora de descriure la natura en l'acotació del segon acte.

Tots aquests elements —i molts d'altres que es poden descobrir llegint l'obra— fan que *Aigües encantades* de Joan Puig i Ferreter hagi esdevingut un clàssic del teatre català. I els clàssics, als països civilitzats i en les literatures que aspiren a ser normals, s'han de conèixer i s'han de llegir per tal de poder-los interpretar d'acord amb les intencions que els han vist néixer i també, per què no, d'acord amb les circumstàncies des de les quals ens hi enfrontem com a lectors. Per això és tan important que, en el teatre, aquesta mena d'obres es converteixin en peces de repertori. Perquè, com diuen les lleis de la física, els clàssics no es creen ni es destrueixen, només es transformen.

AIGÜES ENCANTADES

PERSONATGES

PERE AMAT, propietari rural
JULIANA, la seva esposa
CECÍLIA, llur filla, estudiant de mestra
VERGÉS, mestre del poble
MOSSÈN GREGORI, el rector
FORASTER
JOAN GATELL, el batlle del poble
TRINITAT, la seva esposa
ROMANILL, pastor d'ovelles
BRÀULIA, la seva dona
SENYOR VICENÇ, veterinari
BARTOMEU } jornalers
MANSO }

Veus d'homes i dones. — Pagesos. — Menestrals. Dones, fadrinalla i criatures.

L'acció en un poble de la província de Tarragona, allunyat de la capital, en la part alta i muntanyosa. Època actual.

Aquesta obra fou estrenada al Teatre Romea, de Barcelona, la nit del 22 de marc de 1908, per la Companyia de Jaume Borràs, sota la direcció d'aquest.

ACTE PRIMER

Sala espaiosa a casa de Pere Amat. *Al fons, la porta d'un corredor que condueix a l'interior de la casa. També al fons, a l'esquerra, una porta més petita amb dos esglaons al peu, que condueix a les golfes. A la dreta del fons, un gran armari dins el mur, on s'hi veuen fruites, roba de taula, servei de vaixella i demés coses pròpies. Al costat dret, un balcó i cadires. Al costat esquerre, la porta que dóna directament a l'escala de l'entrada. En primer terme, una taula i un canapè de boga, contra la paret. Pels murs, quadres representant vides de sants.*

L'habitació fosqueja, és monòtona i severa.

Tarda avançada d'una festa d'estiu. Se senten tocar les campanes amb un so planyívol. Un mormol llunyà i apagat de cants i pregàries trenca el silenci de l'habitació.

Cecília, *sola, s'està asseguda prop del balcó, llegint. És una noia magra i pàl·lida, molt nerviosa, morena i petita. Vesteix i va pentinada amb molta negligència i originalitat. Després d'una pausa, se sent pujar les escales enmig d'un gran silenci.*

CECÍLIA *(deixant de llegir, però sense moure's)*: Qui hi ha?

VERGÉS *(de l'escala estant, a punt d'entrar)*: Un servidor de vostè, Cecília.

*(*VERGÉS *és un jove molt corrent; res del seu físic el distingeix d'un qualsevol. No té descripció.)*

CECÍLIA *(saludant-lo molt naturalment)*: Vostè! Benvingut sigui!

VERGÉS: Gràcies. Està sola?

CECÍLIA: Sola, llegint.

VERGÉS: Vol que em retiri?

CECÍLIA: I ara! Per què? Ve de les pregàries, vostè?

VERGÉS: No, ja sap que jo sóc així, fet a la meva... *(Canviant de to.)* M'ho pensava, que la trobaria sola...

CECÍLIA: És natural.

VERGÉS: No ha quedat una ànima al poble fora vostè i jo... i algun vell. És una cosa tonta, si vostè vol, però commovedora...

CECÍLIA: Sí, és una cosa trista, estúpida...

VERGÉS: He pujat al turó del Calvari i he vist a sota meu passar la gentada polsosa i afligida. Hauria dit realment que pesava damunt d'ella un càstig del cel.

CECÍLIA: Els meus pares m'hi volien fer anar. No saben prou com les detesto, aquestes comèdies religioses...!

VERGÉS: I no obstant, me pot creure, Cecília, era un espectacle poètic.

Cecília: Poètic, però absurd...

Vergés: No, en aquell moment ni hi he pensat, en això...

Cecília *(agressiva)*: Sí, ja ho veig, s'ha deixat emocionar, com sempre. Quan un comprèn que una cosa és falsa, absurda... no sé per què deixar-se commoure per ella... valdria més combatre-la.

Vergés *(somrient)*: Vostè, Cecília, me fa l'efecte d'una àliga tancada en un galliner...

Cecília *(somrient)*: Ja és això, ja...

Vergés: I que un dia, quan ningú s'ho pensarà... *(Fa amb els braços el senyal d'un ocell que emprèn la volada, i amb la boca imita el soroll del batre d'ales.)*

Cecília: Oh...! el dia que jo faci la gran volada...!

Vergés: Què?

Cecília: No tornaré, com un ocell feréstec que no es recorda més del seu niu.

Vergés: I en quina direcció volarà l'ocell lliure?

Cecília: No ho sé.

Vergés: Més enllà de la nostra capital?

Cecília: Ah...! sí...! més enllà, més enllà...

Vergés *(admirat)*: A on, doncs...?

Cecília: No ens comprenem, vostè i jo, Vergés...

Vergés: Què desitja més, si pot triomfar a la gran ciutat, on tants s'hi enfonsen?

Cecília: Vostè entén per triomfar guanyar una bona plaça i viure allí tota la vida. No...! la meva ambició vola més alt...

Vergés: I si es trobés com jo, desterrada en aquest racó de món?

Cecília: Perquè vostè vol.

VERGÉS: Què s'hi pot fer? Els mestres són molts, les places són limitades...

CECÍLIA: La terra és tan gran quan se tenen ganes de lluitar!

VERGÉS: Aviat és dit, un home sensat no es llança a la lluita cegament.

CECÍLIA: Així, no es planyi.

VERGÉS *(entendrint-se)*: No em planyo pas. Sé que tota mena de vida té les seves compensacions. En el més humil racó de món se troba una persona amb qui compartir les angoixes de l'ànima... algú que ens ajuda a viure dolçament...

CECÍLIA: Ah...! no se'n fiï, d'això! És perillós esperar que la ditxa ens vingui dels altres!

VERGÉS: Vol dir?

CECÍLIA: Lo millor que hi ha al món és la lluita. No puc comprendre que un home enèrgic s'acontenti aviat de la seva sort. És una cosa que mata tot gran impuls...

VERGÉS: És cert...

CECÍLIA: Veu? Si avorreixo tant la gent del meu poble és per això. No tenen fe en ells mateixos, sinó...

VERGÉS: Què faran, els pobres?

CECÍLIA *(amb certa ironia)*: Vol dir que no hi ha res més a fer que ajupir-se sota la desgràcia i pegar-se al pit, de cara al cel?

VERGÉS: Bah! Potser sí... però...

CECÍLIA: Què?

VERGÉS: No som pas nosaltres els qui hem de canviar les coses.

CECÍLIA: Per què no hi hem de poder ajudar?

VERGÉS: No ens preocupem Cecília. El poble viu inconscientment i poc s'interessa en el que es fa per ell. Vindrà un dia que la bena els caurà dels ulls, a aquests autopistes! Els esforços d'avui hauran resultat estèrils... i la vida haurà seguit el seu curs, indiferent...

CECÍLIA: Oh...! descregut...! Amb aquestes idees me seria insuportable la vida!

VERGÉS: Llàstima! La vida...! No la confongui amb això, Cecília! Jo que passo l'hivern aquí dalt, tot sol, la sento d'una altra manera: la sento més amb el cor, la vida...

CECÍLIA: Doncs, jo prefereixo la ciutat tumultuosa, on el qui vol sent bullir la seva vida en una immensa fornal...

VERGÉS: Cecília! Sigui com l'ocell que ha traspassat el mar d'una volada i ve a fer el niu del seu amor al campanar assolellat...

CECÍLIA *(alçant-se bruscament i fugint cap al balcó gesticulant)*: Ah!, fora, fora això! que veurà la gentada que acaba d'entrar a l'església...

*(*VERGÉS *hi va; els dos guaiten un instant al balcó. Al final d'aquesta escena s'han fet més perceptibles els mormols de cants i oracions dels pelegrins que entren a l'església.)*

CECÍLIA *(somrient, després d'una pausa)*: Mentre això duri, poden somniar els constructors de ciutats futures!

VERGÉS: I això durarà!

CECÍLIA: Sí... mentre hi hagi qui es commogui davant de la tradició!

VERGÉS: I sense això.

CECÍLIA: Mentre hi hagi qui canti la llegenda!

VERGÉS: Sense això i tot.

CECÍLIA: Mentre la tempestat no renovi els nostres aires!

VERGÉS: Mentre el món sigui món!

CECÍLIA *(vivament)*: Ah, no...! De cap manera!

(Per la porta de l'escala apareix JULIANA, *tota vestida de negre, amb mantellina i uns rosaris a la mà. És una dona de mitjana edat, els seus cabells blanquegen.)*

JULIANA *(així que entra)*: Ah...! els jueus! Aquí xerrant sense to ni so mentre tot el poble prega...

CECÍLIA: Mare...

JULIANA: Això no pot anar!

CECÍLIA: Mare... respecteu...

JULIANA: El senyor mestre tampoc ha anat a les pregàries, suposo...

VERGÉS: No, senyora...

JULIANA: Ah...! això no està bé. Cecília, el teu pare està molt enfadat...

CECÍLIA: Cadascú és lliure dels seus actes, mare...

JULIANA: Sí, ja sé lo que em vas a dir...

CECÍLIA: Veieu? No us enfadaríeu si jo em comencés a burlar de vosaltres, dels vostres actes?

JULIANA: Massa que ho fas.

CECÍLIA: No és cert.

JULIANA: Una mare és diferent. Pot imposar lo que vulgui a una filla, per això és mare...

CECÍLIA *(irònica)*: Què em direu si començo: I doncs? I què? S'ha portat bé el rector? Ja us ha fet el sermó terrible de cada any?

JULIANA: Calla, filla. Tu tot rient ho dius...

CECÍLIA *(més irònica)*: Ja ha encès la ira de Déu amb el foc de la seva paraula?

VERGÉS *(somrient)*: És terrible, Cecília!

JULIANA: I mal educada, això sí! No està bé això que fas, filla!

CECÍLIA *(posant-se sèria)*: No ho sabeu, com sóc? No em coneixeu? Deixeu-me estar

JULIANA: Deixar-te estar...! No pot ser... ets entre nosaltres!

CECÍLIA *(reprenent el to d'abans)*: Digueu, digueu, mare: Ja heu sortit tots de l'església ben convençuts que sofriu l'inevitable flagell de Déu? Ja us han dit que no plou ni plourà pels vostres grans pecats?

JULIANA: Doncs, veus...? no és així. Tothom ha sortit amb el cor ple d'esperança. Mossèn Gregori no ens ha amenaçat, aquesta vegada...

VERGÉS: Molt ben fet.

CECÍLIA *(somrient)*: Per què?

VERGÉS: Val més així. La pobra gent busca consol...

JULIANA: Cregui, senyor, que ha sigut una cosa commovedora...

CECÍLIA: Ho creiem, mare. Aneu-vos a mudar...

Juliana: Te faig nosa?

Cecília: No digueu això. Jo ho dic...

Juliana: Ho havia de veure, senyor Vergés. Tothom anava vestit de negre, com en senyal de dol...

Vergés: Ja ho sé.

Juliana: Els homes amb les vestes, les dones amb caputxa o cobertes amb vels i mantellines...

Vergés: Hi havia molts homes descalços, diu...?

Juliana: Sí... i altres carregats de cadenes o de grans pesos. El camí mateix, perquè fos més penós, estava sembrat d'argelagues...

Vergés: Argelagues!

Cecília: Salvatges!

Juliana: I enmig de tot el poble, la Verge dels Gorgs, portada a braços per les autoritats...

Cecília *(anant-se'n violenta cap al balcó)*: I d'això en fan una gran festa...! Oh...! Una cosa que ofega l'ànima com un plom...

Juliana: Mai de la vida s'havien celebrat unes pregàries amb més devoció. Tot el poble en pes hi era. Els precs dels pobres pecadors hauran pujat fins el cel... *(*Cecília *torna del balcó.)* Si això no és hermós, no sé pas on són les coses hermoses. *(A en* Vergés*.)* Dispensi, me'n vaig a mudar... *(Es dirigeix a la porta del fons.)* Només una cosa em pesava al cor... *(Dirigint-se a la seva filla)*: que mentre nosaltres pregàvem al cel... tu te'n reies aquí... *(Amb l'emoció se li trenca la paraula i desapareix, dient)*: Déu s'apiadi de tu!

Cecília: Sempre estem així.

VERGÉS: Cecília, cregui'm, sigui tolerant amb la seva mare.

CECÍLIA: Per què no? Però ells que ho siguin amb mi també.

VERGÉS: No hi fa res... cedeixi.

CECÍLIA: Està bé... però, veu l'única cosa que se'ns ensenya aquí des de petits? No hi ha pensat mai, vostè que és mestre?

VERGÉS: Prou.

CECÍLIA: Ens fan créixer enmig dels errors més grans.

VERGÉS: Però hi ha un fons tan hermós de poesia en tot lo d'aquí!

CECÍLIA: I què dimoni ve a treure la poesia, amb això?

VERGÉS: No em negarà que aquests pobles ignorants, amb les seves llegendes i tradicions, tenen una poesia trista, fonda...!

CECÍLIA: No! No em puc deixar corprendre per la poesia de la llegenda! Fa mal... és com un camp d'arena blana i estèril on s'enfonsen els peus del vianant...

VERGÉS: Cecília, vostè no veu, no sent la poesia de la terra!

CECÍLIA: Veig un poble extenuat, que no gosa alçar les espatlles contra la desgràcia. S'ajup sota el seu Déu i només sap plorar i pregar. És necessari que això s'acabi.

VERGÉS: No ho veurà pas vostè.

CECÍLIA: Qui sap!

VERGÉS: En tot cas, no sigui vostè la qui ho intenti. Una idea, per bona que sigui, se torna dolenta quan porta la guerra dins d'una família... i la família, la llar dels nostres pares, que ens guarda les joies més íntimes, no s'ha de sacrificar mai per res.

CECÍLIA: Bah...! Vostè és un pobre diable, dominat pel sentiment!

VERGÉS: Cecília..., tot lo altre passa, i això és lo únic que queda...!

CECÍLIA *(amb ironia)*: Poruc! Jo sóc més escèptica que vostè, encara... Ni això queda!

(Entra PERE AMAT. *Porta la vesta de les pregàries; amb una mà s'aguanta el ròssec, a l'altra, hi porta la cucurulla. És un home alt, roig, de pèl ros, sanguini i violent.)*

AMAT: El senyor mestre aquí! Com és que no ha vingut a demanar pluja?

VERGÉS *(tímidament)*: Ja veureu...

AMAT: El poble l'ha criticat molt, i amb raó.

CECÍLIA *(a* VERGÉS*)*: I què? No és cert, amic?

AMAT: Calla, tu. No tens dret a dir res davant meu. Ha vingut la teva mare?

CECÍLIA: Sí.

AMAT: Què fa? On és?

CECÍLIA: Allà dins, que es muda.

AMAT: Deu estar trista... per tu. No et fa pena...? No et fa...

CECÍLIA: Heu de tornar a començar, pare? Ha de durar tota la vida, això?

VERGÉS: S'ha de respectar el pensament dels altres...
AMAT: Respectar! Hum...!
CECÍLIA: Aneu a dins amb la mare. Mudeu-vos aquest vestit...
AMAT: Què! No t'agrada! És vell... antiquat, això?
CECÍLIA: Per què us enfadeu?
AMAT: Vés, porta'm el gec i la gorra.
CECÍLIA: Per què no us mudeu allà dins?
AMAT: Fes el que et mano. (CECÍLIA *se'n va pel fons.)* No està bé això que vostè ha fet de no venir, senyor mestre. És donar mal exemple.
VERGÉS: No, home, un mestre és diferent de vosaltres...
AMAT: Per què? Que no és cristià, vostè?
VERGÉS: Sí.
AMAT: No gaire, em sembla. I en quant a la Cecília, val més que la deixi estar... cregui'm. És un cap calent...
VERGÉS: Per què dieu això?
AMAT: És un cavall que necessita fre, i no esperons...

(Entra CECÍLIA *amb els efectes del seu pare i els deixa al seu costat, damunt d'una cadira.)*

CECÍLIA: Teniu això.
VERGÉS: I doncs! Hi ha bona esperança per la pluja?
AMAT *(secament)*: Hi ha fe, que és lo millor.
VERGÉS: Sí...

AMAT: Què fa ta mare, per allà dins?

CECÍLIA: No ho sé.

VERGÉS: Sí, hi ha molta fe en aquest poble. Una altra gent, ja s'hauria desesperat o hauria fet mil esforços per trobar aigua...

AMAT: Aquí sofrim, però no desmaiem. Sabem esperar...

CECÍLIA: Massa i tot!

AMAT: Calla, tu!

CECÍLIA: Pare, no podré parlar?

AMAT: No!

*(*CECÍLIA, *ofesa, se'n va nerviosament cap al balcó.)*

VERGÉS: La vostra filla sofreix molt...

AMAT: Sa mare també.

VERGÉS: En fi... no us heu de violentar tan aviat...

(Una pausa breu.)

AMAT: Havia d'haver vingut! Quina cosa més hermosa! Feia commoure! A mig camí de l'ermita, davant de les Tres Creus, tot el poble s'ha agenollat... Oh...! el senyor rector no ha pogut més, s'ha posat a plorar! *(Una pausa.* CECÍLIA, *més calmada, ve del balcó i s'asseu sense dir res ni fer cap senyal.* AMAT *continua.)* No s'havia vist mai! Les dones sanglotaven com ovelles ferides. A l'arribada a l'ermita... no es pot contar...! les noies besaven la terra al pas de la Verge, els homes, trepitjant les argelagues, veien amb goig rajar la sang dels seus peus nus... i nosaltres, els que portàvem la Verge, suant, amb el gran pes, no podíem avançar entre l'espessor de la gentada...

CECÍLIA *(avorrida, com qui parla d'esma)*: Prou, pare...

AMAT *(irat)*: Tu, prou! No et vull sentir més! Un pare diu lo que vol... Oh...! com estem aquí!

VERGÉS: No us enfadeu...

AMAT: No...! Prou...? Ho vull acabar, jo! Qui és ella per dir-me prou?

JULIANA *(sortint anguniosa, amb la veu trèmula, al sentir crits)*: Què hi ha? Què teniu?

AMAT: La teva filla, lo de sempre.

JULIANA: No us enfadeu avui.

AMAT: I tu? Què...? ja ploraves allà dins?

JULIANA: No... em pots creure... plorar...? no.

AMAT: Ah, tonta...! Plorar per ella, nosaltres? És ella la que ha de plorar...

CECÍLIA: Pare...

JULIANA: Avui, Pere, per amor de Déu, avui seria un pecat cridar i barallar-se... *(Canviant de to.)* Mira, sembla que s'hagi posat núvol...

AMAT: Mossèn Gregori creu que plourà aquesta nit o demà...

JULIANA *(amb alegria)*: L'heu vist encara a Mossèn Gregori? Li heu parlat després?

AMAT: Hem pujat uns quants a la Rectoria. No pot estar més satisfet.

JULIANA: No es perd la fe, gràcies a Déu.

VERGÉS: Amb el permís de tots, me'n vaig.

AMAT: Sembla que no li agradi, sentir parlar d'això?
VERGÉS: I ara! Per què no?
CECÍLIA: I sigui franc, home!
JULIANA: Vostès, els joves, no tenen respecte per res... el passat, els costums antics... se'n riuen, d'això...
VERGÉS *(confós)*: No senyora, no.

(CECÍLIA, *nerviosa, va amunt i avall de la sala.)*

JULIANA: Els nostres avis han seguit un camí que nosaltres també volem seguir... així ho hem trobat, així ho hem de deixar... i ai d'aquell que abandona el camí de sos majors!
AMAT: I qui no vulgui pensar com jo, no és dels meus. *(Es comença a descordar la vesta dirigint-se al fons, per on desapareix lentament.)*
JULIANA: No és d'avui que patim de la secada en aquesta terra. Jo tinc memòria d'haver-ne vist moltes. I els meus pares i els meus avis també, segons he sentit contar. Són sofriments i misèries que ens passem els uns als altres amb la vida.
AMAT *(sortint en cos de camisa)*: I els vells, més plens de seny que tots vostès, no van trobar altre remei que la fe en la Verge dels Gorgs, la nostra Patrona.

(CECÍLIA, *que anava amunt i avall, de sobte desapareix pel corredor.)*

JULIANA: La que va fer el miracle!
VERGÉS: Què és aquest miracle?
AMAT: Què? En bona fe no ho sap?
VERGÉS *(confós)*: Ah...! sí...! la Verge que va sortir de les aigües... no és això?
JULIANA: En quins temps som! Abans el mestre ho ensenyava a les criatures!
AMAT: Què té d'estrany que Déu ens oblidi?
JULIANA: Oh, joves sense fe...! A on anireu a parar?
VERGÉS *(confós, mirant d'una banda a l'altra)*: Dispensin. Me'n vaig. I la senyoreta Cecília?
JULIANA: Se n'ha anat per allà dins... És estrany!
AMAT: Sí, se n'ha anat. Ho fa sempre que jo parlo.
JULIANA *(per disculpar-la)*: No..., ca...! distreta...
AMAT: Sí, fes-la quedar bé, tu...
VERGÉS: És igual; jo me'n vaig.
JULIANA: Deixa-me-la cridar...
VERGÉS: No cal, la saludaran... *(Anant-se'n.)* Potser tenia alguna feina...
AMAT: Ella, feina...!
JULIANA *(cridant-la)*: Cecília! El senyor mestre se'n va.

(Una pausa. Tots callen embarassats.)

VERGÉS: No hi fa res. Bones tardes. Saludin-la!
AMAT: Estigui bo. No en faci cas, d'ella.
JULIANA *(inquieta)*: No sé què fa aquella noia!
VERGÉS: No ho deu haver sentit.

(VERGÉS *desapareix.* AMAT *l'acompanya fins a la porta.)*

JULIANA: Ni amb els seus és atenta.
AMAT: Mal educada! Què ha après allà baix?
JULIANA: No res... mal...

(Es presenta CECÍLIA *per la porta del fons.)*

JULIANA: Per què no sorties més aviat? El senyor mestre se n'acaba d'anar.
CECÍLIA: És igual.
AMAT: Per què te n'has anat d'aquí? (CECÍLIA *no respon.)* Digues...!
CECÍLIA: Pare, quina importància té això?
AMAT: Per què te n'has anat, vull saber!
JULIANA: Deixa-la estar.
AMAT: Ho fas sempre que jo parlo dels nostres costums i creences... per què?
CECÍLIA: Pare, si no em deixeu lliure dels meus actes, si heu de trobar malament tot el que jo faig, no pujaré cap més istiu.
JULIANA: Lliure...! Massa que ho ets, de lliure!
AMAT: No pujaràs més, dius... i què ets per dir això?
CECÍLIA: Sóc jo...
AMAT *(violent)*: I tu... tu qui ets...! Què ets aquí, a casa meva, davant meu?
JULIANA: Deixa-la estar. Acabem la festa en pau avui.
AMAT: No! Tot el dia que la guerra se'm remou

per les entranyes. (Cecília, *sense dir res, se'n va altre cop pel fons*. Amat *continua, més irritat.)* Ho veus? Fuig! No ho vull. Se'n va, volent dir: No et vull sentir, te menyspreo... Això s'ha d'acabar... *(Anant cap al fons.)* Escolta tu, orgullosa...

Juliana *(contenint el seu marit)*: Calla! Atura't! Pren paciència, tampoc hi podràs res...

Amat: És vergonyós per nosaltres tenir una filla així. Veus...? avui mateix totes les noies del poble hi eren, i ella...

Juliana: Tenim aquesta creu, portem-la amb paciència.

Amat: Tu la perds!

Juliana: Jo, pobra de mi!

Amat: Li vas encara amb massa amor.

Juliana: Jo tinc por de perdre-la, la meva filla. Sento que no és nostra ja. I tu la tractes molt malament. Se cansa de viure aquí... i fugirà. Mentre que si la sabéssim estimar, potser mudaria.

Amat: Estimar? Sí... s'hi guanya molt estimant...! ja es veu...

Cecília *(sortint decidida pel fons)*: Pare, mare, escolteu: jo no puc ser com vosaltres, no puc creure el que vosaltres creieu, m'és impossible. Si no fóssiu els meus pares, no em podria estar aquí... ara, vull respectar la vostra manera de veure... Us respecto perquè...

Amat: Mentida! No ens respectes.

Juliana: I si ens respectes, no ens estimes.

Cecília: Sí, mare...

AMAT: Quan s'estima se fa lo que els pares volen i es pensa com ells.

CECÍLIA: Això no. Se pot estimar una persona i pensar i obrar de diferent manera que ella.

AMAT: Una persona qualsevol, sí. Amb els pares, no. L'amor als pares és obediència, si no...

CECÍLIA: L'amor meu...

AMAT: No en parlis. Falòrnies! No crec en el teu amor.

CECÍLIA: Pitjor per a vós!

JULIANA: No responguis així, filla.

CECÍLIA: L'amor tant és fill del qui estima com del qui se sent estimat. Si no hi creieu, vós mateix ne perdeu la meitat, de l'amor que us tinc.

AMAT: Savieses...? Ja saps que no ho entenem, això!

JULIANA: No, filla. Parla pla, com nosaltres.

AMAT: Ta mare i jo volem fets i no paraules... Ja ho sabem, que en tens de molt boniques.

CECÍLIA: Respecteu la meva manera de veure.

AMAT: Respecteu-la...! Oh! la gran senyora! Respecteu-la! Hum!

CECÍLIA: Sí... si no voleu que me'n vagi o que no pugi més.

JULIANA: Això no es diu, filla.

AMAT: Deixem-la dir, posats a tolerar! Deixa-li dir tot! I que se'n vagi! I que no torni més...! Bon vent!

JULIANA: Això no ho dius de cor, no ho has de dir.

AMAT: Sí, a fe de Déu! Vés! Deixa'ns tranquils d'una vegada!

Juliana: Pere, prou. Quan t'enfades te tornes dolent...

Cecília: Respectem-nos els uns als altres. No tingueu aquesta idea tan despòtica de la vostra autoritat! Una filla, veieu?, no està obligada a pensar ni a fer-ho tot com els seus pares... Vós mateixa, quant no m'heu fet patir per coses tan petites com el vestir i el pentinar...!

Juliana: Jo ja no et dic res, callo perquè tu estiguis contenta...

Amat: Callar perquè estigui contenta! Mal fet!

Cecília: La mare sap estimar més que vós... amb ella podria ser ditxosa, amb vós mai!

Juliana: Filla, el teu pare t'estima molt.

Cecília: Però és un amor que em lliga i em redueix a ser una esclava de totes les seves voluntats. I això no ho vull. Sóc filla vostra, sí; però el meu esperit és ben meu, lliure. Si no em compreneu, respecteu-me o deixeu-me estar a ciutat guanyant-me la vida sola. Què hi faig també aquí...? Us faig mal sense voler i vosaltres me'n feu a mi... El pare està contínuament irritat...

Amat: Sí, contínuament, perquè no et comprenc. No comprenc que una filla pugui dir lo que tu dius als teus pares. On ho has après? Aquest és el teu saber? Saber del dimoni! I en quant a obeir... a qui obeeixes?

Cecília: No puc. No m'he proposat no obeir, és que no puc. No em compreneu; ho sé, ho veig... i si m'estiméssiu força no seria res tot això... em voldríeu tal com sóc... Preneu-me, estimeu-me tal com sóc...!

JULIANA: Jo t'estimo, filla.

AMAT: Tal com ets, no!

CECÍLIA: Pare, el món està fent un gran canvi. Vosaltres, aquí dalt, no ho sentiu, no ho veieu. Jo ja no puc ser com vosaltres ni que vulgui. He begut en altres fonts...

AMAT: A les fonts del mal!

CECÍLIA: Ho judiqueu així, però no és cert. El mal no és el que vosaltres creieu. El mal és una altra cosa: la ignorància.

JULIANA: Vet aquí tot lo que ens saps dir, filla: ignorants.

CECÍLIA: No dic jo.

AMAT: Ens ho has dit mil vegades!

CECÍLIA: Sou com els altres, com tothom...

AMAT: Com tots els ignorants, no és cert? Gràcies.

CECÍLIA: No. Prou. No vull dir res més. Preneu en mal tot lo que dic. És desesperador...!

AMAT: No parles sense ofendre.

JULIANA: En les teves paraules no hi ha amor.

CECÍLIA: El meu cor n'està ple, per vosaltres i per tothom. I això voldria que ho comprenguéssiu. Si jo, a vegades, no sóc prou amable no és per desamor sinó perquè vosaltres me poseu violenta.

AMAT: Has pujat de ciutat donant-te una importància...! Tothom ha d'estar per tu, i tu per ningú...

JULIANA: És cert lo que diu el teu pare.

AMAT: I què significa fer tant la sàvia? I tants desprecis! Els que saben tenen de sentir amor pels ignorants.

CECÍLIA: No és això el que faig? Sinó que vosaltres no ho voleu entendre. Jo vull combatre la ignorància i tot lo que la fomenti, però sense orgull, sense fer la sàvia, com vós dieu. Som tota una croada de joves; potser no tots tindrem el mateix coratge, però és la nostra obra, de tots... La ignorància és la font de tots els mals; el vostre fanatisme, la vostra misèria, tot és fill de la ignorància. I nosaltres, els joves, ens escamparem pels pobles... metges, mestres, farmacèutics... i la combatrem amb totes les nostres forces; sigui allà on sigui, la combatrem.

AMAT: Aquí no intentis fer res.

CECÍLIA: Oh...! no ens aturarà la família, ni l'autoritat, ni cap poder de la terra, ningú que trobi la seva força en la ignorància.

JULIANA: Ai, filla!

AMAT *(contenint la seva fúria)*: Deixa-la estar. Està molt bé tot això. Però que em digui lo que és la ignorància per ella... la religió, la nostra fe, els nostres costums...?

CECÍLIA: I moltes altres coses... i això també.

AMAT: Has fet bé de parlar tan clar. Molt bé! I perquè vegis que t'ho agraeixo, escolta: l'any que et manca per acabar la carrera, dóna'l per cursat...

CECÍLIA: Que és bèstia això!

AMAT *(ràpid i amenaçador)*: Una vegada em vas dir salvatge...

CECÍLIA: I ara ho voleu ser...? No pas amb mi!

AMAT: Llibres, papers, tot anirà al foc...

CECÍLIA *(enèrgicament i dolorosa)*: Mai! Mai! Me voleu esguerrar la vida!

JULIANA: Per Déu i la Verge! Pere, tingues seny...!

CECÍLIA *(veient el seu pare que va amenaçador cap a ella)*: Mare, atureu-lo, si no me'n vaig!

JULIANA: Calma, filla! Tu, Pere...!

AMAT: Fugir! Anar-se'n! No vull sentir més aquestes paraules. Fuig! Vine, jo t'acompanyaré! *(L'agafa brutalment i donant-li cops a l'espatlla la vol treure de casa.)*

CECÍLIA *(desprenent-se d'ell, plena d'excitació)*: Pare, prou! Adéu, mare! Adéu tot lo d'aquesta casa!

JULIANA *(amb un crit del cor)*: No, filla meva! *(Al seu marit, indignada.)* Ho veus, brutal!

*(A l'escala se sent un crit d'*AMAT! Company...*!)* *(És* JOAN GATELL *que ve precipitat i inquiet. És home seriós.* AMAT *va a rebre'l a l'escala mentre* JULIANA *s'emporta la seva filla cap a dins.)*

JULIANA: Filla meva! Vine! Perdona!

CECÍLIA: No mare, això s'ha d'acabar. *(Desapareixen.)*

AMAT *(rebent* JOAN *al cap de l'escala)*: Què hi ha, Joan?

JOAN: Què teniu?

AMAT: No res; digues, per què véns tan de pressa, suat i esbufegant?

Joan: Dóna'm un consell! A veure...

Amat: Parla. Què hi ha?

Joan: S'ha presentat al poble un foraster, un senyor que, dirigint-se a un grup de pagesos, els ha parlat de l'aigua i de la secada...

Amat: I què! Digues. Per què em véns a trobar?

Joan: Perquè és un home perillós i no sé què fer. Si anéssim a veure Mossèn Gregori...

Amat: Per què?

Joan: Aquest home... comprens...? en bones paraules, potser ve a fer mal. No sóc pas jo el qui ho dic. Alguns volien que jo el cridés a l'ordre, altres m'han dit d'anar a trobar el senyor rector... El senyor mestre ha parlat un moment amb ell...

Amat: I a on és, ara?

Joan: Ell? Al portal d'avall, penso. Estava ple de gent.

Juliana *(apareixent pel fons)*: Què hi ha? Què dieu d'un foraster?

Cecília *(sortint darrera de la seva mare i permaneixent a la porta com ella)*: Quina mena d'home és aquest?

Amat: Tu a dins!

Juliana: Prou.

Cecília: Quina mena d'home és?

Joan: Un senyor ben vestit, amb una barba rossa, un galant home...

Cecília *(anhelosa)*: Jove, alt, uns ulls blaus, vius, com dues estrelles?

Joan *(admirat)*: Cert, és ell.

CECÍLIA *(per a si)*: Sí, és ell! *(Desapareix vivament cap a dins.)*

AMAT: És boja!

JULIANA: La nostra filla no està bé, no.

JOAN: Bah! Sempre l'he vista igual: un foc follet.

JULIANA: L'hem de saber portar millor, Pere.

JOAN: Què dieu, doncs? Què fem amb aquest home?

JULIANA: Algun embaucador!

AMAT: Un xerraire!

CECÍLIA *(sortint i dirigint-se a* JOAN*)*: I què diu aquest home? De què parla?

JOAN: Parla de les aigües, que no hem de fer pregàries, que ell sap un medi de que no ens manqui mai aigua...

*(*CECÍLIA *posa gran atenció en el que diu* JOAN.*)*

AMAT: Aigua! Com?

JOAN: Dels gorgs, diu ell.

JULIANA *(horroritzada)*: Dels gorgs de la Verge!

AMAT: Dels gorgs sagrats!

JULIANA: Deu ser boig!

CECÍLIA *(amb un crit)*: No!

JULIANA: Filla!

CECÍLIA: No és boig! No!

AMAT: Què saps tu? Deixa estar.

JOAN: No és ben estrany això? Jo no sé què fer.

JULIANA: No feu res sense veure Mossèn Gregori.

(Se sent la veu de Vergés *a la porta.)*

Vergés: Amb permís...
Joan: El senyor mestre.
Juliana *(sorpresa)*: Ara mateix se n'acaba d'anar.
Vergés *(en entrar)*: Els porto una nova.
Cecília: Parli al moment!
Joan: Lo d'aquest foraster? Ja ho saben per mi. Ara acabo d'arribar. I a on és ara? Què s'ha fet d'ell?
Amat: L'ha sentit vostè?
Vergés: L'he sentit i és un home de valer. Me sembla que el poble no faria malament d'escoltar-lo. A casa de la Vila, per exemple, amb tots vostès...
Joan: Vol dir?
Vergés: És una idea meva.

(Arriba la senyora Trinitat, *tota agitada.)*

Trinitat: És aquí en Joan...? sí, m'ho pensava.
Joan: Què hi ha?
Trinitat: Vinc de casa la Vila buscant-te. Dispensin que no hagi donat les bones tardes.
Juliana: Assenti's, faci el favor.
Trinitat: Sí, gràcies. Vinc perquè s'ha presentat a casa un foraster a demanar-te no sé quin permís per a parlar...
Joan: Amb mi?
Trinitat: Sí, ha dit que tornaria.
Joan: A quina hora?

JULIANA: No ho ha dit.
AMAT: Company, anem a veure Mossèn Gregori.
CECÍLIA: I què li direu, a Mossèn Gregori?
VERGÉS: És natural... què li direu?
MOSSÈN GREGORI *(a baix, a l'entrada)*: Ave Maria Puríssima!
JULIANA: El senyor rector!
TRINITAT: I jo no l'he vist...!
AMAT: Ja ho deu saber.
JOAN: Segurament.

(Tots van a rebre'l a l'escala.)

VERGÉS *(aprofitant el moment)*: Cecília...! Oh! que estava inquiet!
CECÍLIA: Qui és aquest home? Vostè ho sap?
VERGÉS *(donant-li una targeta)*: Tingui, Cecília, per vostè.
CECÍLIA *(ràpid, havent llegit el nom)*: Oh! Ell! El cor m'ho ha dit. Me vol ajudar, Vergés?
VERGÉS: Per vostè tot.
CECÍLIA: Li ha parlat de mi?
VERGÉS: Només m'ha dit: coneix vostè una Cecília Amat? I m'ha donat la targeta. Qui és?
CECÍLIA: Un amic meu... calli!

(Enmig de tots els que el festegen, apareix MOSSÈN GREGORI. *És home de mitjana edat.)*

MOSSÈN: Estic cansat.
JULIANA *(acostant-li una cadira)*: Assenti's.

Mossèn: Gràcies, fills meus.

Cecília *(que està separada d'ells, diu a* Vergés*)*: No vacil·li, Vergés. *(*Vergés *sembla dubtar.)* Si no té coratge, deixi'm, covard!

(Desapareix dissimuladament. Els altres, distrets amb Mossèn Gregori, *no se n'adonen.* Vergés *la segueix, poc decidit.)*

Mossèn: Tot ho sé. Ja m'han portat la mala nova.

Joan: Què en pensa, Mossèn Gregori?

Trinitat: No és res de bo, veritat?

Mossèn: Deixeu-me respirar, espereu... *(Una pausa. Tots se'l miren amb gran anhel i ell continua.)* Ha arribat un vent tempestuós!

Joan: I què hem de fer?

Amat: Assenyali'ns un camí.

Mossèn: Déu ens il·lumini a tots. Després d'un acte tan hermós com el d'aquesta tarda, ve el dimoni a sembrar les seves tempestats.

Amat: Doncs, quina mena d'home és aquest?

Mossèn: Algun revolucionari terrible; un d'aquests sembradors de discòrdies que tant abunden per les ciutats...

Joan: Jo estic torbat, no sé què fer.

Amat: Lo que ens aconselli el senyor rector.

Juliana: Voleu dir que és un enemic tan fort?

Mossèn: El mal i la idea del mal sempre són forts enemics.

Trinitat: És cert.

Mossèn: Ell, pels seus mals fins, tocarà la part

més flaca del poble. Us parlarà de la utilitat, de la collita, de la riquesa, del benestar, i lo que busca és treure la fe dels vostres cors. Aquests homes són com les males herbes dels vostres camps. D'allà on s'arrapen, ne xuclen la vida. Són uns enviats de Satan!

TRINITAT: Què hi vénen a fer, aquí dalt!

MOSSÈN: A vegades són explotadors astuts i egoistes. Voldrien aixecar fàbriques al lloc de les esglésies i aspiren ambiciosos a fer-se amos del món amb el seu diner.

JULIANA: Oh, l'ambició boja!

MOSSÈN: O bé són anarquistes folls que fan el mal pel mal. Això és lo més possible. S'escampen pel món a predicar maldats...

JOAN: No crec que aquest home sigui d'aquests.

TRINITAT: No ho podem dir.

JOAN: Sentim-lo primer... no us sembla?

JULIANA: No us fieu de la gent estranya que us vulgui portar el benestar a casa... senyal que busca el seu...

MOSSÈN: Desconfieu de tot lo que no porti la marca del Senyor.

AMAT: Què ens aconsella, vostè?

MOSSÈN: Jo tinc entera confiança en el meu poble, però no m'atreviré a deixar-hi predicar certes idees. No es pot creure massa en la bondat de ningú... no us ofengueu. Què diríeu d'un pagès que perquè té un camp de bon blat permet que un altre l'hi sembri de males llavors?

JOAN: Així vostè tem molt.

MOSSÈN: Sí que temo. Se diu que el vent porta certes malalties d'una contrada a l'altra. La paraula és com el vent que porta el mal i la febre de les ciutats perdudes, al cor sa de la muntanya.

AMAT: Sí, com més va, més gros veig el perill.

JOAN: Em sembla que de res ne feu una muntanya.

JULIANA: Jo penso: i els bons, doncs... els forts, els fidels, per a què hi seríem, al món?

MOSSÈN: Això és consolador.

TRINITAT: Cregui que les dones no flaquejarem.

MOSSÈN: Quan les sento parlar així em fan un gran bé. Veig que el regne del Senyor s'aguantaria més fort i segur si totes les dones fossin com vostès. El meu ministeri mateix, què seria sense la dona?

AMAT: Mossèn Gregori, no ens espantem, sigui el nostre capità.

MOSSÈN: Demanaré noves forces al Senyor. *(Una pausa.* MOSSÈN GREGORI *medita un segon.)* Una idea! En casos semblants s'ha de tenir diplomàcia. Aneu, busqueu aquest home i de part meva convideu-lo cordialment a venir a l'Abadia. *(Tots queden sorpresos.)*

AMAT: Vol dir?

JOAN: Sí, molt ben pensat.

JULIANA: No ho trobo prudent.

MOSSÈN: En so de pau se vencen els més grans enemics. Digueu-li que vingui a casa meva, que el senyor rector li vol parlar i que s'interessa per ell...

JOAN: Amb molt de gust l'hi diré.

MOSSÈN: Sempre l'Església per medi de la dolcesa i la mansuetud ha triomfat de tot. Després, no val res ésser bo, si no s'és una mica astut. Aneu. Compliu bé l'encàrrec.

JOAN: I si no vol venir a l'Abadia?

AMAT: Aleshores, si convé, per privar-lo de parlar se l'agafa.

JOAN: No es va tan de pressa sense motius.

AMAT: Amb la llei a la mà sempre es troben motius quan se vol condemnar un home.

JOAN: No deixa de ser una cosa molt delicada... *(Desapareixen.)*

MOSSÈN: Que la Verge dels Gorgs us guiï. *(S'alça, es passeja un instant i continua.)* Ah, senyores! Per primera vegada sona en aquest poble el crit de guerra!

JULIANA: Ens defensarem.

TRINITAT: Si no ho fan els homes, ho farem nosaltres, les dones.

MOSSÈN: Les dones! Sempre he tingut tota la confiança en elles. Les dones...! Són les columnes del temple del Senyor!

JULIANA: Ah! Mossèn Gregori...! no pas jo...

MOSSÈN: Per què ho diu?

TRINITAT: Per la seva filla, probablement...

MOSSÈN: Ah...! això...

JULIANA: Quina pena, Déu meu...!

MOSSÈN: Sobre aquest punt ja li he dit altres

vegades que pot tenir la consciència tranquil·la.

JULIANA: És igual... sofreixo molt per ella, Mossèn Gregori... És cert que estic més tranquil·la que abans. Però el cor sofreix molt, el cor d'una mare. Veu? Ara fa un instant ha desaparegut... A on és? Segurament en busca d'aquest home, amb el mestre...

TRINITAT: És cert, tot d'un cop no l'hem vist més...

JULIANA: Jo sí... he vist com fugia... No he volgut dir res per son pare. Un dia, ell no s'aguantarà... Oh, Jesús...!

TRINITAT: No perdi la confiança. La seva filla canviarà...

JULIANA: No... sort d'això, després de tot. Tinc esperança que la Verge obrarà un miracle. No sé per què no, veritat? No n'ha fet d'altres? Tinc aquesta esperança... li tocarà el cor, un dia...

MOSSÈN: Que és dolça aquesta paraula: esperança! Aquesta mel cristiana no s'ha d'allunyar mai del nostre cor!

TRINITAT: Llum per als ofuscats! Camí per als esgarriats!

MOSSÈN: Oh, sí! Aquesta és la paraula! Llum per als ofuscats, Senyor! Vostès també ho han estat d'ofuscats, i qui sap si per medi de la seva filla se'ls envia la llum?

JULIANA *(amb angoixa)*: Què vol dir?

MOSSÈN: Qui sap si això no és més que un petit càstig?

JULIANA: Un càstig! Per a mi? En què puc haver ofès el Senyor, pobra de mi?

MOSSÈN: Sovint se l'ofèn sense tenir la intenció d'ofendre'l; se l'ofèn creient anar pel bon camí, quasi sempre que seguim el que se'n sol dir impulsos i desigs naturals.

JULIANA: Mossèn Gregori... expliqui's més clarament! No em faci sofrir! En què he pecat jo?

MOSSÈN: Ha pecat d'ambiciosa.

TRINITAT: Això és cert.

JULIANA: Vostès me confonen.

MOSSÈN: Ha volgut que la seva filla, costés el que costés, sobresortís per damunt de totes les noies del poble. Se'ls va dir que la noia tenia talent i vostè i el seu marit se n'han sentit tan orgullosos que ja no han vist res més...

JULIANA: I això és un gran pecat per a uns pares?

MOSSÈN: Això precisament, no. Però vostès varen enviar la seva filla a la gran ciutat, lluny de les seves mirades...

JULIANA: La vam enviar a ca la seva tia.

MOSSÈN: No hi fa res. La tia passava moltes hores que no la veia. No sabia quina mena d'amigues tenia, no vigilava les seves lectures... La seva filla fins va arribar a publicar algun escrit en un periòdic no gaire com cal. I això durant l'edat més crítica, el millor temps de l'educació moral, quan el cor i la intel·ligència s'obren per al mal o per al bé... *(Pausa breu.)* Deixar una filla lliure, abandonada a si mateixa en una gran ciutat... ho comprèn...?

(JULIANA, *apesarada, amb el cap baix, no respon.)* L'haguessin enviat a una pensió de religioses on algú hauria cuidat amorosament de la seva ànima...

JULIANA: Comprenc la meva falta. Si vostè hagués sigut aquí! Ah! Déu meu!

MOSSÈN: No he dit això per espantar-la sinó per fer llum... Vostè no deixi de confiar en la Verge...

TRINITAT: Mai de la vida!

MOSSÈN: Estigui tranquil·la. Pensi que si ella no vol emprendre el bon camí, no serà perquè li hagin mancat bons exemples dels seus pares.

TRINITAT: Això no.

(JULIANA *està abatuda, amb el cap baix.)*

MOSSÈN: I a l'hora suprema que la justícia de Déu se decideixi per tota una eternitat, quan el món tremolarà en els seus fonaments i els ulls dels pecadors ploraran fel i sang, ella sola serà l'única responsable de les seves accions davant del Gran Jutge!

JULIANA *(horroritzada, en plor, cau de genolls als peus de* MOSSÈN GREGORI, *cridant)*: Gran Déu! Déu de misericòrdia! Perdó! Pietat per a la meva filla!

AMAT *(que entra de sobte, amb el gest i la mirada violenta)*: No hi ha pietat! No hi ha perdó!

JULIANA *(sense esma d'alçar-se)*: Oh...! Amat! Què hi ha?

MOSSÈN: Alci's, senyora, calmi's! Jo no volia disgustar-la així...

JULIANA *(alçant-se i acostant-se al seu marit)*: Què hi ha? No em callis res! T'ha donat un altre disgust la nostra filla?

AMAT: Sí... ara fora perdó! Fora pietat! Mai més!

JULIANA: Pere...!

MOSSÈN *(a* AMAT*)*: Calleu.

TRINITAT *(agafant pel braç a* JULIANA*)*: Anem a dins, senyora...

AMAT: No! Sàpigues que tot el poble en va ple! La cara em cau de vergonya! Al mig de la plaça, davant de tot el poble, ella l'ha abraçat i besat...

MOSSÈN: Oh...! és monstruós...!

*(*AMAT *abaixa la cara.)*

JULIANA: Filla indigna! Escandalosa!

MOSSÈN: No l'hi havia d'haver dit.

TRINITAT: No, ben cert.

JULIANA *(anant-se'n plorant)*: Deixeu-me amagar! No sóc digne, jo... no...! Jo sóc la culpable...! Oh...! Deixeu-me amagar. *(Desapareix.)*

AMAT: Aquests sofriments de sa mare els hi faré pagar...! Oh Déu...!

MOSSÈN: Calmeu-vos, Amat. La Verge farà un miracle. Li tocarà el cor, se tornarà bona i la perdonarà...

AMAT: Jo no, doncs!

TRINITAT: Jesús Déu meu! No digueu això...!

Me'n vaig amb ella... No digueu això, Pere... *(Desapareix.)*

AMAT: Jo, no, mai més!

MOSSÈN *(horroritzat)*: Pere, dieu un gran pecat...!

AMAT *(anant amunt i avall, violent)*: Mai més! Mai més!

MOSSÈN *(alçant els braços)*: Llum per als ofuscats, Senyor!

ACTE SEGON

Un gran pati a l'aire lliure, als darreres de la casa que habita el pastor Romanill. *Té al fons una gran porta feixuga, amb portella, que dóna al carrer. A la dreta, el mur vell i assalinat on creixen les morelles i altres herbes de paret. A la part alta, d'entre les pedres, broten els tanys luxuriants d'una figuera borda. A l'esquerra, la casa. Fins al primer pis és més sortida que la resta. Hi ha un terrat amb barana rústica d'obra. Sota la volta del terrat, en primer terme, un portal en forma d'arcada que és el pas de la casa al pati. En segon i tercer terme, dues portes amb reixats de fusta que són les dels corrals de les ovelles. Entre l'una i l'altra porta, vora la paret, un llimoner molt vell, de fulles esgrogueïdes.*

Mitja tarda. Se senten belar les ovelles a fora, que acaben de sortir. El pati i el carrer encara estan plens de polseguera. La porta del fons tota oberta, veient-se clarament les cases del davant. Pati i carrer tenen la llum d'una tarda nuvolosa d'estiu.

Romanill, *que és un home alt i ben fet, s'està gallar-*

dament plantat al mig del carrer. Porta una brusa curta i va tot afaitat. Dins del corral una ovella bela planyívolament.

ROMANILL *(al rabadà, que no es veu)*: El temps no està massa segur. Porta-les només fins al coll del Calvari. *(Collint una pedra i tirant-la contra una ovella ressagada)*: Ruix-que...! Au, tu, gandula...!

UNA DONA *(que surt a la finestra de la casa del davant)*: I ara! Que no les traieu vós, avui, pastor?

ROMANILL: No... altra feina tenim.

LA DONA: Doncs que és cert el que es diu?

ROMANILL: Sí, adéu-siau, bona dona! *(Entra i tanca la porta, deixant la portella mig oberta.)*

LA DONA: Déu us castigarà!

ROMANILL: No hi ha perill!

LA DONA: Renegat!

ROMANILL: Au, al diable!

BRÀULIA *(que és una dona petiteta, sortint del corral amb un calderó a la mà)*: Vols dir que plourà, Romanill?

ROMANILL: No ho voldria pas, avui. Aquests de les pregàries dirien que la seva Verge ha fet un nou miracle...

BRÀULIA: Oh...! No ho diguis fora de casa això...

ROMANILL: Bah! Pel que m'ha de donar la gent d'aquest poble...!

BRÀULIA: Te compromets massa, avui.

ROMANILL: Què em fa? *(Se sent belar l'ovella malalta dins del corral.)*

BRÀULIA: Què en farem d'aquesta bestiola?
ROMANILL: No es curarà pas.
BRÀULIA: Doncs què esperes?
ROMANILL: Demà trauré el ramat cap al tossal, jo mateix l'espanaré i la vendrem.

(Per la portella entra BARTOMEU, *un home de mitjana edat, ni pagès ni menestral. Porta una gran barba i riu sempre francament. Calça espardenyes. Té el cabell llarg i rullat que li surt pels voltants de la gorra.)*

BARTOMEU: Salut, Romanill, amb la teva dona. Encara no és aquí, ell?
ROMANILL: No vas poc de pressa, tu!
BARTOMEU: Els apressats fan la feina.
BRÀULIA: Fins a les quatre o quarts de cinc, no hi compteu.
BARTOMEU: Són les quatre tocades.
ROMANILL: Què es diu pel poble?
BARTOMEU *(rient)*: Pel poble? Sembla estrany que ho preguntis! En aquest poble no es diu mai res... ningú pensa, ni parla, ni fa res...
BRÀULIA: Me sembla que no vindrà ningú.
BARTOMEU: Ben pocs.
ROMANILL: Sempre hi ha curiosos.
BARTOMEU: Ja està tot preparat. No l'han volgut deixar parlar a la plaça perquè seria fàcil que la gent s'hi deixés caure...
BRÀULIA: Ni a cap cafè tampoc...
ROMANILL: Millor! Així, el qui vingui aquí serà

vist de tothom... Que se'l pugui assenyalar amb el dit... No volem vergonyosos...!

BARTOMEU: Tot se va tramar ahir vespre a l'Abadia. S'ha passat de casa en casa un avís del rector...

BRÀULIA: A tu te'n faran una de grossa, Romanill!

ROMANILL: Bah! Què em poden fer a mi? Sóc independent! Tinc l'amo a ciutat i del meu coll... Quan els homes són tan lliures com jo...

BARTOMEU *(rient)*: Més ho sóc jo, que no tinc amo...

ROMANILL: No és cert... ets més esclau perquè no tens diners... Et creus ser amo de tu mateix...? està bé... però si tu no vals res... de què ets amo?

BARTOMEU: I qui t'ho ha dit que jo no valc res?

ROMANILL: L'home val per lo que té... m'ho desfaràs, això?

BARTOMEU: Me'n fum! Visc content...

ROMANILL: També hi visc jo... Però, creu-me, Bartomeu, en aquest món la qüestió no és no tenir amo, sinó tenir diners...

BARTOMEU *(rient)*: Desenganya't! Tu no has de viure com jo, ni jo com tu...! Cada home té el camí assenyalat, per més que faci... Tu havies de ser pastor... jo ocell de bosc...! Si no visc aquí viuré en un altre lloc. Pelat vaig venir a la vida, pelat me n'aniré. Tot el món m'és pàtria!

ROMANILL: Com a mi!

BARTOMEU *(rient)*: Una altra cosa... L'home que té una idea i no la defensa, què és?

ROMANILL: No és res... no és home.

BARTOMEU: Doncs jo sóc un home. Per les meves idees no estic bé enlloc.

BRÀULIA: Mal fet.

BARTOMEU: Però hi ha un consol: els homes com jo no es moren mai de fam...

BRÀULIA: Per què?

BARTOMEU *(rient molt)*: Perquè ja s'han fet tan amics amb ella que si bé els apreta no els escanya...

*(*BRÀULIA *es dirigeix a la casa rient i es troba amb el* MANSO, *home de mitjana edat, ros, joiós, a qui la beguda ha envellit i degenerat. Vesteix tot de vellut, molt folgadament. Porta bigoti.)*

BRÀULIA: I ara! On va aquest carlinot?

MANSO *(alegrement)*: Ei! Ei...! Que no hi puc ser, jo?

ROMANILL: No t'hi comptàvem pas.

MANSO: Per què?

BARTOMEU: El Manso és amic meu i allà on jo faig un, ell sempre fa dos...

MANSO: Cert, tant al cafè com a la taverna, tant si es beu blanc com si es beu negre...

ROMANILL: Ben respost!

BRÀULIA: Però, no sou carlí, vós?

MANSO: Què té que veure?

ROMANILL: Tu diràs.

MANSO: Home, sóc carlí...? segons com s'entén això. Partidari de Don Carles sí que ho sóc... de frares i capellans, no...

ROMANILL: Don Carles bé els defensa, els capellans!

MANSO: Que defensi lo que li doni la gana, ell!

BARTOMEU: Home, ja t'ho he dit altres vegades... això no està bé... si no pots veure els capellans, fes-te republicà, com jo i el Romanill...!

MANSO: Això mai! M'ofens. A cal Manso sempre s'ha sigut carlí! El meu pare va fer les dues guerres... jo sóc carlí! El meu fill també ho serà...

BARTOMEU: No ho pots dir lo que serà el teu fill.

BRÀULIA *(rient i desapareixent per l'arcada)*: És fàcil que no sigui ningú, com tu mateix.

MANSO *(a* ROMANILL*)*: Ningú! M'estimo tant com un altre. Per què m'ho ha dit això, la teva dona?

ROMANILL: Deixa-la estar.

MANSO: Escolteu: aleshores de la burla de la campana nova que va sortir de la taverna del Motxo, qui va ser el més atrevit? I per Carnaval, qui va cantar les sàtires...? jo. Sempre he hagut de ser l'amo de la gresca, jo...

BARTOMEU: L'amo de la gresca, és cert... Veus...? aquí no es tracta de fer gresca. És una cosa molt sèria...

MANSO: Sèria...? malament...!

BARTOMEU: Vaja, home!

MANSO *(a* BARTOMEU*)*: Tu ets republicà, jo carlí... Tu ets honrat, jo també...

ROMANILL: És cert...

MANSO: Doncs què vols més? Jo em sé guanyar la

vida... tu, no. Jo bec quan vull, fumo bons cigarros... per què m'has d'envejar, tu?

BARTOMEU: No t'envejo pas...

MANSO: Home! Qui diu tu, diu un altre... *(Traient-se dos cigars grossos de la butxaca)*: Teniu, fumeu! A la meva salut!

(Per la portella apareix el SENYOR VICENÇ, *el veterinari del poble, vell, moreno, de pell apergaminada i amb un bigoti caigut, blanc-groc com el seu cabell. Vesteix un trajo molt vell. Porta ulleres verdes. Té la veu molt cascada. En entrar, es planta i mira al seu voltant.)*

VICENÇ: Pastor...!

BARTOMEU: El manescal...! no podia mancar.

ROMANILL: Entreu, senyor Vicenç. Ja ho veieu, encara no hi ha ningú.

VICENÇ *(amb pena)*: Això estava mirant... ningú!

BARTOMEU: Si tots fossin com vostè...

VICENÇ: Jo, pobre de mi! Què he estat jo? Un poca cosa! I ho comprenc, els homes d'ara valen ben poc... ben poc... Tot és fals...!

MANSO *(amb petulància)*: No, senyor.

VICENÇ: Tu mateix, no ets carlí? Doncs què hi véns a fer, aquí? Espiar?

MANSO: Vostè és honrat, jo també...

VICENÇ: Jo he estat amb els Cantonals, a Cartagena... Ton pare ha fet les dues campanyes amb els facciosos... Bah! No vulguis comparar!

MANSO *(allargant-li un cigar)*: No hi fa res, fumi!

VICENÇ: No.
MANSO: Fumi, home!
VICENÇ: Gràcies, no fumo ni bec.
MANSO: Ja es dóna per la pell?
VICENÇ: A veure si vius tants anys com jo, Manso!
MANSO: Ni ganes, per viure com vostè...
ROMANILL: Calla, tu. El senyor Vicenç és un savi... ha estudiat molt...
MANSO: I què té més?
ROMANILL: Sap el que tu no saps...
BARTOMEU: Només dels llibres que té te podries comprar un tros de terra.
MANSO: Els llibres! Puf...! Més m'estimo això! *(Alçant el braç com qui beu.)*
VICENÇ: Pobre home!
ROMANILL: Què et darà això? Mentre que els llibres...
MANSO: Això...? beus i et passen moltes coses... t'alegres... Amb els llibres, al revés, te capfiques...
VICENÇ: Deixem-lo dir, no és ningú.
MANSO: I vostè què és?
VICENÇ: Com?
MANSO: Què és? De quin partit? Mai ens ho ha dit.
VICENÇ: Jo no sóc de cap partit.
MANSO: Diuen que és ateu... Em vol explicar ben bé què vol dir ateu?
VICENÇ *(mig rient)*: Calla, mol·lècula refractària!
MANSO: Què vol dir això?
ROMANILL: És un cau de raons. Deixeu-lo estar.
VICENÇ: L'home no cal que ho digui amb parau-

les, lo que és. Tant se valdria que ens poséssim un cartellet a l'esquena. El qui em coneix i em veu ha de saber qui sóc, si no és cego... No m'amago de res...

MANSO: I jo? Bec quan tinc set...

VICENÇ: Tu saps llegir, no és cert, Romanill?

ROMANILL: Sí, senyor, una mica.

VICENÇ *(a* BARTOMEU*)*: I tu?

BARTOMEU: No, senyor. Tot el meu coneixement és natural. No he anat mai a estudi.

VICENÇ: Llàstima! Quan me mori, et deixaré els meus llibres, Romanill. Ets un cap clar.

ROMANILL: Un té la seva mica de lletra.

MANSO: A mi deixi'm els diners, senyor Vicenç.

VICENÇ: Els liquidaries aviat!

BARTOMEU: Diners! Oh...! Si vol deixar diners pensi en aquest jueu errant!

(Per la portella entren JOAN *i* AMAT.*)*

JOAN *(de la porta estant)*: Se pot passar, Romanill?

ROMANILL: Endavant tothom. Aquí no barrem els passos a ningú.

(Els dos avancen retrets.)

AMAT: Bones tardes a tots!

JOAN: Déu vos guardi de mal!

ROMANILL: Salut!

JOAN: Us venim a parlar, Romanill.

ROMANILL: Bé prou que m'ho penso.

Amat: Que no podríem enraonar... amb vós tot sol?

Romanill: Tot lo que m'heu de dir ho poden sentir aquests.

Joan: Doncs, sí. Ja heu reflexionat bé lo que aneu a fer, Romanill?

Romanill: Sí.

Joan: Nosaltres voldríem evitar un conflicte. Amb raó o sense raó el poble s'ha alarmat contra aquest home i...

Amat *(acabant la frase)*: Us podria anar malament, tant a ell com a vós.

Romanill: Me veniu a amenaçar?

Joan: No, home.

Amat: Sabem que aquest home no ve aquí amb bones intencions...

Vicenç: Qui ho ha dit això? Farsants! Vosaltres mateixos no ho creieu!

Manso: Tot això ha sortit de l'Abadia! Aquell casal rònec governa el poble, i la majordona també, he, he...!

Amat: Hem vingut a parlar amb el pastor i no amb vosaltres!

Romanill: Són els meus companys i poden prendre part en la conversa. I a qui no li agradi...

Joan: No us enfadeu.

Amat: Sembla estrany, Romanill, que us vulgueu convertir en abrigall d'aquestes coses! Un home com vós, tan respectat! Tants anys que sou al poble i se us estima!

Romanill: Jo ho crec. Encara una ovella de les meves no salta del camí a brostar un miserable cep, ja em doblegueu amb una multa... jo ho crec si se m'estima!

Bartomeu: No el podeu veure perquè no va a missa...!

Joan: No és cert, se fa complir la llei a tots per un igual.

Vicenç: La feu tan ampla i tan estreta com voleu, la llei.

Manso: Justa! La llei! Una corda per escanyar els qui no tenen...

Amat: No, la llei està molt ben feta. Ens fa a tots iguals.

Joan: Deixem estar la llei. Lo que vós feu, Romanill, no és prudent...

Amat: No. No sabeu, pastor, que ningú va contra les obres de Déu sense que tard o d'hora en sorgeixi el gran càstig?

Romanill: Bé, acabem, què voleu amb tot això?

Amat: Que us hi penseu molt abans d'acollir i protegir aquest home.

Romanill: Gràcies pel consell.

Manso: Molt bé.

Joan: Sou a casa vostra i no us podem privar les vostres accions.

Bartomeu: Sort d'això!

Amat: No és que tinguem por... però voldríem evitar un desordre.

Vicenç: Si vosaltres no el moveu...!

Amat: Aquí no hi vindrà ningú, fora de quatre perdularis, quatre culs de taverna...

Manso: Ho dieu per mi, això?

AMAT: No... i dispenseu. No hi vindrà però en Joan i jo sí que hi vindrem, a saber lo que es diu... a vetllar, com pertoca a les autoritats.

ROMANILL: Aquí hi pot venir tothom... tot el poble.

JOAN: El poble no hi ha de fer res, aquí.

AMAT: I si aquest home ve a aconsellar males idees, a portar la guerra i el desordre, se'l traurà del poble com a un apestat...!

JOAN: Com a un apestat!

AMAT: Se l'apedregarà com a heretge i fins que no sigui fora del nostre terme no s'aplacaran les ires...

ROMANILL: Això és venir a amenaçar!

AMAT: No és que nosaltres ni el senyor rector ho vulguem. Però el poble, creieu-me, no es podrà contenir...

JOAN: Voldríem que li diguéssiu tot això... que sàpiga per endavant lo que li pot passar.

ROMANILL: Està molt bé. Per a aquest viatge no necessitàveu alforges. Aneu-vos-en tranquils, senyors.

JOAN: Sí, anem. No se'ns vol escoltar.

AMAT: Per fi, aconselleu-li que si s'estima la pell, val més que ho deixi córrer. El nostre poble no està per jocs...

JOAN: Anem! Anem!

AMAT: Sí, val més.

ROMANILL: Salut!

BARTOMEU: I bon viatge!

(Se'n van descontents pel fons.)

MANSO *(fent-los ganyotes i gestos obscens)*: Les autoritats! Qui són? Dos banyuts...!

BARTOMEU: Autoritats de palla!

MANSO: Jo els hauria dit: banyuts...! No sabeu manar... Sou uns...

VICENÇ: Estúpids! No mereixen altre nom. L'Amat té una filla que és un tresor. Hi hauria pares que amb una noia com ella...

ROMANILL: La fan sofrir molt. Se n'anirà de casa i no els tornarà més. Ens ho ha dit a la dona i a mi...

(Se sent remor de gent al carrer. Per la portella entren alguns homes, d'altres guaiten i passen.)

BARTOMEU: Ja n'hi ha que vénen.

ROMANILL: Potser és ell.

BARTOMEU *(que ha anat cap a la portella a guaitar)*: Sí, ell!

(Tots corren cap al carrer, el FORASTER *entra. És un home alt i gallard. Barba i cabells rossos. Ulls blaus i dolços. Vesteix americana i pantalons blancs. Barret de feltre clar. Darrera d'ell entren molts curiosos.)*

FORASTER *(en entrar, amb un gest franc, com si els abracés a tots)*: Salut, amics! *(Tots saluden, cadascú a la seva manera.)* Què? No hi ha més gent?

ROMANILL: No, senyor.

BARTOMEU: No vindrà ningú.
VICENÇ: No senyor, no vindran.
FORASTER: Jo bé ho espero.
ROMANILL: No tingui massa esperança.
FORASTER: No...? No valdria la pena de viure.
ROMANILL: Vull dir, jo...
FORASTER: Sí, pastor, sí. Aniran venint. Pot tardar, però a la fi el poble vindrà amb nosaltres.
VICENÇ: No tingui tanta fe.
FORASTER: Que no en tenia vostè a la meva edat?
VICENÇ: Oh...! Hi havia uns altres homes aleshores!
FORASTER: Els mateixos de sempre. I la senyoreta Amat, diguin, l'ha vista algú?
ROMANILL: No.
FORASTER: És estrany! *(Veient alguns homes que entren i no gosen avançar.)* Veniu, acosteu-vos, tots som uns aquí. *(S'acosten vergonyosos i desconfiats. N'hi ha que saluden de paraula, d'altres amb el cap, d'altres de cap manera; alguns se treuen la gorra.)* Oh...! Poseu-vos la gorra, poseu-vos! Val més una bona paraula que no aquesta acció humiliant!
UNA VEU: Si no en tenim, de paraules!
UNA ALTRA: Venim a escoltar!
MANSO: Poseu-vos la gorra, que no som a missa!
FORASTER *(a* ROMANILL*)*: Digueu: parlàvem de la senyoreta Amat, què en sabeu?

(Se sent un gran brogit de gent al carrer. Es veuen passar homes, dones i criatures.)

Romanill: Què passa allà fora?
Bartomeu: Gent que ve.
Vicenç: Deu venir el batlle.
Foraster: Sentiu el brogit? Tot el poble ve.
Bartomeu *(que ha anat a guaitar al carrer)*: El batlle amb tot el poble!
Manso *(cridant)*: Oh! L'autoritat! Pas! Feu lloc!
Vicenç: Calla, tu!
Foraster: El mestre ens ha abandonat... I la senyoreta Amat, ningú no l'ha vista?
Vicenç: És capaç d'haver fet una brutalitat, aquell biliós del seu pare.
Foraster: Oh! Vol dir? *(Comencen a entrar molts homes per la portella.)* Ja és aquí tot el poble! Serenitat!
Manso: Jo vull parlar.
Romanill: Vine aquí, tu! Si mous brega et trauré!
Manso: I qui ets tu?
Romanill: Sóc a casa meva!

(Una onada de gent es precipita a la porta fentla brandar. Penosament, a empentes, passen per la portella cridant. Hi ha gent de totes edats, sexes i estaments. Enmig del brogit se sent la veu d'Amat cridant: Pas a l'autoritat! *Es fa amb pena un buit i passen el batlle amb la vara,* Amat, *dos o tres homes més de l'Ajuntament, el guardatermes amb l'arma, l'agutzil i d'altres. Darrera d'ells passa el mestre i una altra onada de gent.)*

FORASTER: Romanill... feu el favor. Obriu la porta gran, que els del carrer també hi siguin.
ROMANILL: Ja vaig.
AMAT: No cal, no cal!
VEUS I CRITS: Sí! Sí! Sí!
ROMANILL *(veient-se apurat entre la gent)*: Pas! Feu el favor, si us plau! Vós, vaja, home...! Ajuda'm, Bartomeu!

*(*BARTOMEU *hi va.* VERGÉS, *que tímidament s'acosta al* FORASTER, *li parla amb precaució.)*

VERGÉS: Dispensi. No he pogut venir més aviat.
FORASTER: És igual.
VERGÉS: No. Oh, com me delia! No ser lliure com vostè! Estic a les seves ordres, però...
FORASTER: I la senyoreta Amat...? Digui... em creia que vindria amb vostè! Veu que és hermós? Tot el poble aquí...! No en sap res, d'ella?
VERGÉS: No... potser el seu pare l'ha retinguda a casa... Qui sap?
BARTOMEU *(al mig del portal, amb la porta tota oberta)*: Victòria! Gent de les cases, sortiu! Tot està obert de bat a bat...!

(Es veu el carrer ple de gent. Les finestres de les cases, igualment. El FORASTER *i els seus són dessota el llimoner. Les autoritats al costat oposat, contra el mur.* VERGÉS *ni amb els uns ni amb els altres. Un grup d'homes amb garrots, amb aire hostil, campa*

vora la darrera porta del corral. Una gran impaciència es marca en tots els rostres.)

BRÀULIA: Romanill, tinc una por!
ROMANILL: I ara! De què has de tenir por?
BRÀULIA: Hi ha gent de mala mena! Algú es pot ficar allà dins!
ROMANILL: Vés a tancar la porta!

*(*BRÀULIA *se'n va cap a l'arcada. Hi ha un mormol general d'impaciència.)*

FORASTER: Silenci! Ordre! Espero que el senyor batlle...
JOAN *(emfàticament)*: El senyor batlle li ha de fer una pregunta abans de tot.
FORASTER: Pregunti.
JOAN: Vol pau o guerra, vostè?
FORASTER: Per pau he vingut i se m'ha fet la guerra.
AMAT: Això no és cert. Ahir se'l va convidar a anar a l'Abadia... per què no hi ha anat?
FORASTER: Hauria estat inútil. De seguida vaig saber les intencions de tots vostès. Endemés, el meu intent era parlar a tot el poble i no a dos o tres senyors amb les seves mires particulars...
JOAN: Les nostres mires són les de tot el poble.
MANSO: Mentida!
UNA VEU: Calleu vós!
UNA ALTRA: Què vol aquest mona?
JOAN: Silenci tothom.

(Després d'un mormol general, es fa un moment de silenci.)

AMAT: Doncs, no. Vostè no ha provat pas que volgués pau.

FORASTER: Repeteixo que he vingut per pau.

JOAN: Pot parlar. Expliqui el seu pensament sense recels. Solament no toqui certes idees, ni la religió, ni la propietat, ni digui res contra els nostres costums i creences. Mentre compleixi això me té a les seves ordres... i el poble se l'escoltarà amb gust...

UNA VEU: Diu que ve a parlar de l'aigua...

UNA ALTRA: Aigua! Déu ens en do! Si no ve d'ell...!

UNA ALTRA: Tot això són eleccions, política, farsa...

UNA ALTRA: Però si ja vam votar pel maig...!

ROMANILL *(dirigint-se a la multitud)*: Ara demanem a tothom silenci! No voldria que dins de casa meva s'insultés a ningú. Qui no estigui d'acord amb el que es digui, que se'n vagi a fora...

JOAN: Això darrer ja és massa!

ROMANILL: Per què?

BARTOMEU: No siguem tan delicats!

VERGÉS *(amb veu tímida)*: Molta prudència tots! És pel vostre bé... que se us ve a parlar... pel vostre bé...

UNA VEU *(des d'una finestra)*: Que cridi més!

UNA ALTRA VEU: No se'l sent del coll de la camisa!

Vicenç *(indignat)*: És el mestre dels vostres fills el qui us parla...! Respecte!

Una veu: No els hi ensenya res...!

(Protestes i crits.)

Vergés: És brutal i estúpid el poble! Aneu, treballeu per ell...!

Una veu: Senyor mestre, si algú li ha trencat el respecte, perdoni'l, no sap lo que fa.

Vergés: No..., solament, sigueu més atents. No teniu instrucció, és cert, però què costa d'escoltar i callar?

Una veu: Res.

Vergés: Veieu aquest desconegut que us ve a parlar? És un enginyer, que, al seu saber, hi ajunta la molta experiència dels seus viatges per França, Alemanya, el Nord d'Europa... *(Silenci general. Expectació gran. Amb veu més forta, i gest més desimbolt)*: Viatjant ha vist molt de dolor fill de la misèria, i la misèria filla molt sovint del poc enginy o poc esforç de l'home en aprofitar les forces que li brinda la Naturalesa. Ha vist que els països que s'han sabut llibertar d'inútils preocupacions per donar-se amb ardenta fe al treball, la riquesa i l'alegria hi abundaven, realçant la vida. Aleshores s'ha recordat de la misèria que assota aquestes terres i el seu cor s'ha omplert de pena per vosaltres. Ha pensat en la secada que tants anys se us emporta la collita, i el seu saber i la seva experiència li han donat una confiança que vosaltres no podíeu ni pressentir. La Naturalesa, aquesta mare que a voltes sembla que ens tracti amb desamor, té els seus secrets, que només els homes escollits descobreixen en profit dels altres. Ell ha descobert el secret d'unes aigües subterrànies al peu d'aquestes muntanyes. Feia temps que rodava per aquestes terres estudiant i observant silenciosament. Per fi, l'èxit ha coronat els seus esforços i us ve a oferir pròdigament la seva obra. Escolteu bé lo que us dirà: lo que vosaltres crèieu que eren aigües encantades, mortes al fons dels gorgs, són aigües vives que a la vostra voluntat baixaran a regar de nova vida els vostres camps. Crec que el poble se l'ha d'escoltar amb atenció i no deixar perdre estèrilment la seva idea, aquesta idea que posada a la pràctica pels vostres braços, us portarà, oh!, habitants d'aquest poble...! la riquesa, el benestar i la llibertat!

(Alguns aplaudeixen fortament, altres desconfiats fan burles. S'origina un cert desordre. Mormol general.)

UNA VEU: D'on sortirà l'aigua?
UNA ALTRA: Això són falòrnies!
UNA ALTRA: Anys endarrera el jaio Rafi ja ho deia, això...
UNA ALTRA: Tenia el llibre dels bruixots i podia saber tots els secrets de la terra...

UNA ALTRA: Qui hi creu avui, en bruixots?

UNA ALTRA: Jo.

VERGÉS *(que s'ha acostat al* FORASTER*)*: Ja li vaig prometre...

FORASTER *(efusivament)*: Oh! Gràcies!

VERGÉS: És tot el que podia fer. No m'exigeixi res més... no em puc comprometre...

FORASTER: Gràcies. Ha fet molt. Ha disposat el poble en favor meu. No esperava tant...

(Mentrestant, continua la conversa i el brogit general.)

JOAN: Aquest mestre...! qui el fa enredar?

AMAT: No et faci por... és un fresseta!

UNA VEU: Vaja, que parli ell!

VICENÇ: I escolteu ben atents! Proveu que no sou pas salvatges!

UNA VEU *(de lluny)*: Que cridi força!

ALTRA VEU *(imitant el to de quan es fa marxar un ase)*: Oix... que! Arri!

ROMANILL: Qui és aquest imbècil?

VEUS: Fora! Fora!

VERGÉS *(aprofitant el mormol de la gent diu al batlle i a* AMAT*)*: M'he excusat tant com he pogut...

AMAT: No ens ha d'explicar res a nosaltres...

JOAN: Em sembla que hi ha posat un entusiasme inútil...

VERGÉS: Oh...! no. Per quedar bé...

FORASTER: Amics, us demano silenci... *(Es dirigeix al poble molt serenament)*: És cert que em podria adreçar als quatre o cinc forts propietaris del poble... i al senyor rector, però he preferit dirigir-me a tots en un lloc públic. S'ha escampat la veu que jo venia aquí a atacar la religió i la propietat, els vostres costums o creences. No, seria molt petita aleshores la meva missió, molt pobra. El meu intent no és aquest, encara que molt podria dir contestant a la guerra que se m'ha fet. Podria dir que és innocent, avui dia, intentar cap bé pel poble sense atacar directa i fortament aquestes dues forces: propietat i religió... almenys en la forma vergonyosa i estúpida que imperen avui.

JOAN: Senyor, se li prega que retiri aquestes paraules.

FORASTER: No cal, això és dit de pas.

AMAT: Se li prohibeix atacar la religió...

UNA VEU DE VELL: No...! Que no ens toqui la religió!

VEUS: No! No! No!

ALTRA VEU: Pobres de nosaltres!

FORASTER: Esteu tranquils! No vinc a parlar-vos d'idees, sinó de fets, de coses positives i reals, pel vostre bé!

UNA VEU: I per què el voleu el nostre bé? Què espereu de nosaltres?

FORASTER: No espero res, egoista! Si tots fossin com vós, aquí mateix acabava...

AMAT: Doncs, són molts els qui pregunten això...

UNA VEU: Estem acostumats a pagar tan car el bé que se'ns fa!

Joan: Prou. No destorbeu més. Parli, senyor.

Foraster: Us he dit que no venia a parlar d'idees... i és cert. De tota manera, creieu-me, no es pot posar remei a molts mals ni es pot fer triomfar la raó, sense destruir abans certes idees.

Joan: Quines idees?

Amat: Això! Que parli clar!

Foraster: Jo voldria que tot lo que dic fos clar per vosaltres com la llum del gran dia... Hi ha idees i sentiments arrelats al nostre cor, heretats dels nostres pares, que per a nosaltres són la pura veritat, la suprema raó i l'únic sentit de la vida. I no obstant, aquestes idees i sentiments que guien totes les nostres accions, poden ser falses...

Amat: El poble no l'entén, però jo veig les seves intencions. Sabeu el que vol dir amb aquestes paraules? Que les nostres creences, el nostre miracle de la Verge, tot és fals i mentida pura...

Veus: Sí! Sí!

Altres veus: No! No és això!

Una veu: No pot anar...! Prou!

Altra veu: Oh...! fora...!

Amat: No podem tolerar una paraula més! Oh...! poble...!

Joan: No siguis violent, Pere... deixa dir.

Amat: Ajuda'm, tu! De què et serveix l'autoritat?

Foraster: M'atribuïu paraules que no he dit. Està bé. Deixeu-me parlar... tot just he començat.

Veus *(entre el grup enemic)*: Prou! - Ja en tenim prou! Fora d'aquí! - Lluny del nostre poble...!

Altres veus *(no tan intenses)*: No! No! - Que parli! - Calleu!

(Crits i protestes en favor i en contra del Foraster.*)*

Vicenç: Escolteu, gripaus, que és pel vostre bé!

Veus: Fora el manescal! - Vell brut! - Vell verd!

Altres veus: Fora l'heretge! - Fora! - Guerra!

Joan: Qui ho atura, això? Pere, tu ets responsable...

Amat: Està bé, en responc!

Joan: No és just!

Amat: La qüestió no està en ser just, sinó en vèncer.

Foraster *(a* Romanill*)*: No hi ha mitjà possible! És un poble salvatge, aquest?

Romanill: No! Ja ho veurà! *(Amb gest alt i noble, un xic brutal, imposant, es dirigeix a la multitud, avançant alguns passos)*: A fora qui no estigui content! A fora dic...! Lluny el qui cridi! Sóc a casa meva i no hi ha autoritat ni res que hi valgui...! De què serveix l'autoritat aquí?

Manso: Autoritat de palla!

Romanill: Si la força és la sola autoritat, qui vulgui res que surti! *(S'imposa i tothom calla.)* Gripaus! Covards...! que tireu el verí per darrera! Cucs...! de la terra que us afarteu de treballar i us moriu de gana! Taups vergonyosos...! miserables...!

JOAN: Romanill, vós mateix heu dit que a casa vostra no s'havia d'insultar ningú...

ROMANILL: Qui són els primers?

BRÀULIA: Romanill, no et comprometis.

ROMANILL: S'ha acabat. *(Al* FORASTER*)*: Parli vostè, ara.

JOAN: Calma tothom! Deixeu dir. Després parlaré jo...

AMAT *(baix)*: Tu, no. Enviem a buscar el senyor rector...

JOAN: Fes el que vulguis!

AMAT: Valdran més dues paraules d'ell...

UN DE L'AJUNTAMENT: No vindrà...

AMAT: Sí que vindrà. Aneu-hi vós mateix i digueu-li que jo li prego... que és per la salvació del poble...

(L'home se'n va. Segueixen els mormols apagats.)

FORASTER: Escolteu, tingueu paciència. No em feu la contra abans de parlar. Procuraré ser ben clar. Jo coneixia el vostre país i les vostres necessitats, sabia que molts anys la secada us feia perdre les collites. Però la secada, que per a vosaltres és un càstig de Déu, una venjança del cel..., obeeix a causes naturals i sols per medis naturals heu de buscar el remei. Aquí teniu una creença, una llegenda religiosa que pesa sobre vosaltres com una llosa de sepulcre. No vinc jo a criticar la vostra manera de veure i de sentir les coses, sinó a obrir-vos els ulls a la realitat... Aquesta fe cega en el miracle de les aigües, us priva de veure-la com jo, la realitat...

AMAT: Poble, no te l'escoltis més!

UNA VEU: Deixeu-lo parlar!

ROMANILL: Costi el que costi, parlarà! Mentre sigui dins les quatre parets de casa meva, parlarà...!

JOAN: Això és dir massa!

ROMANILL: Ni que només se quedin tres persones a escoltar-lo!

FORASTER: Sí, vinc a fer una obra bona i cap poder m'aturarà. Deixo de costat les vostres creences. Escolteu: no molt lluny d'aquí teniu uns gorgs que vosaltres anomeneu gorgs de la Verge...

JOAN: Són els gorgs sagrats, miraculosos!

AMAT: Són les aigües de la Verge, que curen els malalts.

UNA VEU: No ens toqueu els gorgs de la Verge!

UNA VEU DE VELL: No! no ens toqueu la Verge!

ROMANILL: Deixeu parlar!

JOAN: Parli! Què opina vostè d'aquests gorgs?

FORASTER: Que si feu en aquell indret els treballs necessaris, trobareu una gran vena d'aigua que us portarà la riquesa, la vida als vostres camps... *(Expectació general.)* Amb no grans esforços, us en podeu assegurar... estic segur del resultat!

UNA VEU: De que tindrem aigua?

FORASTER: No ho dubteu.

ALTRA VEU: Molta?

FORASTER: Sí, molta.
ALTRA VEU: És molt aventurar, això!
ALTRA VEU: Que és minaire, vostè?
FORASTER: Sí, encara que no em guanyi la vida amb els meus braços. Els meus pares eren uns rics propietaris de mines i jo vaig passar moltes hores de la meva infantesa en les entranyes de la terra. El goig millor per a mi, més que tots els jocs d'infant, era la voluptuositat dels misteris que ella em revelava. De jovenet, al mateix temps que em dedicava a l'estudi i al treball de la intel·ligència, el meu pare em va ensenyar a descobrir els secrets de la naturalesa. No hi ha res més hermós al món que les relaciones de l'home amb la natura. La terra és per a l'home, com l'home és per a la terra, i tots els somnis d'una altra vida, jo els maleeixo si m'han d'allunyar d'ella. Ella es dóna com una enamorada a l'home que la sap comprendre i estimar i obre, als seus ulls, les seves entranyes pròdigues de preciosos metalls i d'aigües tan riques com els metalls. Amb amor i treball, amics, la terra se'ns fa nostra, i per això, aquí com en altres parts, m'ha mostrat els seus secrets, que són la riquesa de l'home. Aquella aigua dels gorgs, com se pot creure de cop, no neix de les filtracions de la serra de Rocalba. La serra és erma, de roca viva, on no hi arrelen més que magres herbes... i ademés no hi plou, com vosaltres sabeu. I no obstant, a baix, al peu, teniu aquestes hermoses aigües,

aigües vives i abundants, que se renoven constantment...

AMAT: No, senyor, dispensi que el contradigui... les aigües dels gorgs són mortes, aigües encantades com solem dir aquí...

FORASTER: És un error vostre. Cap dement de la naturalesa permaneix en eterna quietud!

AMAT: Sí, allí s'estan les mateixes aigües pels segles dels segles!

UNA VEU: Les aigües beneïdes per la Verge!

ALTRA VEU: Són miraculoses!

ALTRA VEU: Han curat molts malalts!

ALTRA VEU: Han tornat la vista als cegos!

ALTRA VEU: I la força al paralític!

AMAT: I les aigües sagrades s'estaran immòbils per tota l'eternitat, perquè Déu ho vol!

FORASTER: És un error, una idea falsa, mantinguda per la llegenda religiosa. Aquelles aigües són vives, abundants... i se'n tornen estèrilment a les profunditats de la terra perquè vosaltres voleu. Van de nou a la vena mare, al riu d'aigua que es perd en lo profund. Oh, poble! abandona la llegenda i entra a la realitat. Doneu-me la vostra confiança i de tot el que us he dit jo en responc amb la vida...!

(Mormol general.)

AMAT: Silenci! Prou! Ja ho sentiu, ens vénen a destruir les nostres creences, la fe en la nostra Patrona, les aigües sagrades dels nostres avis...!

Foraster: Vinc a ensenyar-vos d'utilitzar els elements que la naturalesa us ofereix!

Amat: La utilitat! Amb això se'ns vol enganyar!

Una veu: I vosaltres, que no ens enganyeu?

Joan: Silenci!

Foraster: Escolteu...! Senyor batlle, deixi'm exposar, explicar el meu pla...

Amat: No, Joan!

Una veu de vell: Tenim una cosa millor que tots els teus plans, la nostra fe!

Amat: Vol la nostra perdició!

Una veu: Escolteu-lo! Ajudeu-lo!

Foraster: Si no us lliureu d'aquest fanatisme, no us traureu la misèria de damunt vostre!

Amat: Ja s'ha blasfemat prou aquí! No volem forasters, no volem ningú que ens...

*(La veu d'*Amat *queda ofegada per un mormol general i crits venint del carrer.)*

Veus i crits: Oh! - Ara! - Pas! - El senyor rector! - Mossèn Gregori!

Amat: El senyor rector... Respiro, Joan!

*(*Mossèn Gregori *penetra entre la multitud, emocionat.)*

Mossèn: Germans meus!

Veus: Visca el senyor rector...!

Mossèn *(que s'ha dirigit cap al lloc de les autoritats)*: He fet el sacrifici de venir, però no em dol...

Amat *(anant efusivament, acalorat, cap a ell)*: No, senyor rector. Era necessari... parli'ls de seguida...

Mossèn: Sí. Acabo de saber que s'han dit veritables monstruositats! *(Dirigint-se a la multitud.)* Germans! Quina necessitat té dels homes el poble que està sota la protecció divina?

(Expectació general i veus de consentiment.)

Foraster: Vostè, senyor rector, ha vingut sens dubte mal aconsellat...

Mossèn: Jo vinc a protestar de les abominacions que s'han dit aquesta tarda...

Foraster: No s'ha dit cap abominació.

Mossèn: No he vingut per disputar amb vostè, sinó per a parlar al meu poble, al poble fidel al Senyor... Vostè, si em vol creure, retiri's: hi guanyarà. Aquesta bona gent comença per no entendre'l... i si l'entengués... què? No el coneixen, no li tenen cap mena de confiança. Aquest país sempre ha sigut castigat per la secada. Altres estan exposats a les ventades, a les inundacions o als terratrèmols. I és que l'home no està posat sobre la terra per a trobar-hi el benestar.

Foraster *(somrient)*: Això segons la seva moral!

Mossèn: Li prego que no m'interrompi... després, si vol parlar...

Foraster: Està bé, sí...

Mossèn: Aquest poble, sempre desgraciat, no ha

perdut mai la fe, al contrari, la pobresa, la humilitat, les privacions i l'oblit en què viu, contribueixen que sigui més fidel al Senyor. I és per això que un dia, en els temps antics, allà als gorgs, un pastoret de costums sants, que pasturava el seu ramat tot fent oració al bon Déu (no era com els pastors d'avui), va veure una gran resplandor que eixia a flor d'aigua del Gorg Major. S'hi acostà sorprès, tremolant davant del misteri del mig d'aquella flama, resplendent com l'aurora que s'encengués sobtadament al cor de la nit, eixí la Verge dels Gorgs i li parlà amb dolcesa: «Digues als teus germans que m'edifiquin una ermita a la coma dels Gorgs i jo, del meu setial estant, vetllaré per ells i els ompliré de beneficis mentre no perdin la fe dels seus avis». I el bon pastor, abans que la Verge acabés, caigué encegat per tanta llum, corprès pel misteri, tremolant davant de la sobrenatural meravella... Així el trobaren els altres pastors i pagesos a la posta de sol, amb una Verge de pedra al costat, que és la Santa Imatge que avui venerem.

(Un mormol general puja a ofegar les paraules del rector. Alguns alcen el cap, d'altres estenen les mans.)

UNA VEU: Plou!
ALTRES VEUS: Plou! Plou! Plou!

(Una alegria folla, quasi infantívola, s'apodera de la multitud. Cauen algunes gotes.)

UNA VEU *(del carrer, amb tota la força dels seus pulmons)*: Aigua!
ALTRA VEU *(des d'una finestra)*: Aigua!
DIVERSES VEUS: Aiguaaaa! Aiguaaaa!
JOAN: Oh, Amat! Mossèn Gregori... què fem?
AMAT *(amb un crit)*: Un miracle!
MOSSÈN: Oh, poble...! Novament el miracle...! Germans! Ja veieu l'aigua del bon Déu que s'acosta...! Tots els bons, tots els fidels, de genolls davant del miracle...!

(Tot el poble s'agenolla, la gent dels balcons i finestres també. El FORASTER *i els seus es queden drets. El* MANSO *s'agenolla.)*

FORASTER: Mentida! No sigueu cegos! L'home, si vol conservar la seva dignitat, no s'ha de fanatitzar! Qui no té fe en si mateix per damunt de tot, no és home.

(La multitud s'alça valenta, cridant amenaçadora.)

VEUS: Fora heretges...! - Fora renegats! - Fora l'enemic!
JOAN: Què fem, Mossèn Gregori?
MOSSÈN: Tinc por... no sé...
AMAT: No us espanteu! Deixeu fer justícia!

Joan: Què vols dir?

(La multitud s'esvalota. Crits i desordre.)

Vicenç: Poble fanàtic! Ramat d'esclaus!

Veus: Fora! Guerra! Fora!

Foraster: No sabeu que ha passat el temps de la llegenda, dels miracles, de lo sobrenatural...?

Veus i crits: Fora! Guerra! Mori! Prou! Mori!

Foraster: És una idea falsa, una mentida que porteu en la vostra sang a través de les generacions...

Una veu: Calla!

Altra veu: No et volem sentir!

Altra veu: No t'entenem!

Mossèn: Posi, posi ordre, senyor batlle...

Joan: Com? Pobre de mi! Això vostè... he perdut l'autoritat i no m'escoltaran...

Mossèn *(al poble)*: Prou cridar, germans! Calma! Ordre! Sigueu prudents... escolteu. *(Es fa un moment de silenci.)* Aquest home ha sigut vençut i es retirarà si jo l'hi prego... Fugirà del poble...

Romanill: Com! És a casa meva! Fora! Fora tothom primer que ell!

Bràulia: No, Romanill! Fes fugir a aquest home!

Foraster: Ja me'n vaig.

Bartomeu: Això no!

Vicenç: No! En tot cas, pugeu a dalt, a cal Romanill!

Romanill *(prenent-lo)*: Anem! I no es dongui per vençut!

Foraster: No! Gràcies de tot Romanill, i als vostres amics també. Me'n torno a la ciutat... al meu camp de lluita!

Veus: Fora! - Ja és hora! - Fora d'aquí! - Embaucador! Xerraire!

Una veu: Covard!

Foraster: No! Escolta, poble! M'havia errat! Les teves aigües, és cert, són mortes, encantades pels segles dels segles...

Veus: Calla, heretge! - Guerra! - Pedra...!

(Alguns agafen pedres, disposats a tirar-les.)

Romanill: Si es tira una pedra, engego el revòlver, toqui a qui toqui!

Vicenç: Salvatges!

Mossèn: Calma, poble! Vostè retiri's! I tots vosaltres també! Sentiu la remor? És la pluja que ve! Plourà molt perquè Déu ho vol! i nosaltres agraïts entonarem un tedèum! Aneu tots a casa vostra!

Veus: No! - No! - Que fugi! - El volem fora!

Foraster: Espereu-vos... Sou tots aigües mortes, aigües encantades per tota l'eternitat...! Aquí us deixo!

(La gent es tira damunt d'ell. Ell fuig. Els seus volen aturar-lo. La multitud corre darrera d'ell cridant.)

Veus: Mori! - Guerra! - Fora l'heretge!

Mossèn: Amat! Joan! Anem a posar ordre al poble! El mataran! *(Se senten crits espantosos. La major part de la gent corre cap al carrer.)* Gent cristiana! Fidels meus! Deixeu-lo estar! Compadiu-lo, que és un esgarriat! No li feu mal que és una vida del Senyor!

UNA VEU *(de fora)*: O del dimoni!

MOSSÈN: Anem! Vosaltres a posar pau! Jo me'n vaig a fer tocar el tedèum per haver salvat aquest gran perill... i per la pluja que ja ve...

JOAN: Anem! Oh... pau! Qui la posa, la pau?

AMAT: Deixa estar! Que es faci justícia!

(Desapareixen. La gent abandona el pati. Gran remor de pluja.)

VEUS: La pluja! La pluja!

ALTRES VEUS: Aigua! Aigua!

VEU D'AMAT *(de lluny)*: El sentiu venir, el nostre Déu?

VEUS: Sí! Sí!

UNA VEU: Aiguaaaa!

VEUS *(de lluny)*: Justícia! - Justícia! - Guerra a l'heretge!

(El pati, a poc a poc, ha quedat desert. Els bramuls de la gent se senten furiosos al lluny. Esclata la pluja sorollosament. A les finestres surten alguns curiosos guardant-se de l'aigua.)

UNA DONA *(a la finestra)*: Què deu passar allà baix?

UNA ALTRA: Sentiu quina cridòria?

La primera: Ei! Mireu! La filla de l'Amat tota sagnosa! Senyoreta Cecília! On va? On va?
Cecília *(de fora estant, sense ser vista)*: Calleu, escolteu...

*(*Cecília *apareix al carrer, davant la porta, els cabells desfets, la cara amb sang.)*

Dona primera: A on va? Pugi a casa! Què té a la cara? Oh! Pugi! no es mulli aquí...
Cecília: No! Què ha passat? A on és ell?
Vergés *(que l'ha sentit, surt de sota l'arcada, on s'havia amagat)*: Cecília! Vingui! No es mulli aquí! Oh! està desgraciada! Què té? A on era?
Cecília: A on és ell?
Vergés: No ho sé. El poble se li ha girat en contra. Cregui'm. És impossible lluitar...! No són els homes els enemics, no són ells els forts... sinó la llegenda!
Cecília: Però on és?
Dona primera: Miri, senyoreta. Ara el passen pel Raval... tot el poble contra ell!
Cecília: I ningú el defensa... Covards...! *(Se'n va corrent.)*
Dona segona: Prou que el defensen!
Vergés: No els atura ni l'aigua ni res! Salvatges!
La dona: I a on va aquesta noia?
Vergés: Cert. On va? Què vol fer?

(Se senten les ovelles planyívolament que tornen.)

LA DONA: El rabadà! Oh! pobres ovelles! Que mullades!

VERGÉS: Que salvatges els uns i els altres!

(Grans bels de les ovelles que comencen a entrar.)

RABADÀ *(apareixent al portal entre les primeres ovelles i cridant al mestre)*: Ei! Aparteu-vos d'aquí al mig, si plau, que feu por a les ovelles... Ruix-que! Au! Ruix-que! Què ha passat, mestressa, que criden tant baix?

(Al lluny se sent udolar al poble i va plovent.)

ACTE TERCER

La mateixa habitació del primer acte. Comença a fosquejar. Pel balcó obert penetra el baf de la terra mullada.

JULIANA, *sola, s'està assentada davant del balcó, amb el cap baix, escoltant el brogit de la pluja.*

JULIANA: Ah! Déu meu! Com plou!

(Gran pausa. Surt del fons AMAT *amb un vestit diferent del que duia al segon acte i que s'acaba de posar.)*

AMAT *(abatut)*: Ara tinc fred...
JULIANA: Jo també. Vols que tanqui el balcó?
AMAT *(després d'una pausa)*: No.
JULIANA *(sospirant)*: Ah! Déu meu!
AMAT: No! No cal que ens fem retrets l'un a l'altre. No hem sabut pujar la nostra filla...
JULIANA: No me'n parlis més!
AMAT: No puc pensar en altra cosa! Oh...! és massa gros... Oh...!

(Una pausa. Abaixa el cap.)

JULIANA: Calla i no et desesperis... oblida. Ja hem fet el pensament que no tenim filla... així...

AMAT: Tu mateixa dius això... i no és cert... no estàs tranquil·la... te'n fas més que jo...

JULIANA: De cop sí, m'han pegat una punyalada al pit... aquí al cor...

AMAT *(després d'una pausa)*: Qui no la creia segura allà dins?

JULIANA: No hi pensis.

AMAT: Veus...? jo hauria pogut agafar-la pels cabells i arrossegar-la fins aquí. Això havia d'haver fet un pare. Dins de les entranyes m'hi cremava no sé què de dolent... i salvatge. Però Mossèn Gregori se m'ha emportat... Millor!

JULIANA: Sí, millor.

AMAT: I ara em sap greu d'una part... no l'havia d'haver cregut, a Mossèn Gregori...

JULIANA: Oh...! per què?

AMAT: Ara la tindríem aquí, davant nostre, cridant, rabiant...

JULIANA: No diguis això!

AMAT: Humiliada, vençuda, com pertoca a una filla. Mentre que ara som nosaltres els vençuts...

JULIANA: No es pot ser violent. Si no l'haguessis tancada potser no hauria passat res d'això.

AMAT: Pitjor. S'hauria dit que jo consentia amb ella.

JULIANA: Qui sap?

AMAT: Ara el meu nom no en sofreix tant. Tothom se n'escruixeix... saltar per aquella finestra...!

JULIANA: Se podia fer molt mal.

AMAT: Se podia badar el cap. Potser li hauria valgut més.

JULIANA: Oh...! Calla! Déu te podria castigar! *(Una pausa.* AMAT *està amb el cap baix.* JULIANA *continua amb veu planyívola, plena d'inquietud.)* Potser se n'ha fet i tot, de mal. No coixejava pas? No tenia pas sang a la cara o a les mans, la pobra?

AMAT: La pobra...! dius, encara...? *(Una pausa breu. Canviant de to.)* Sí... d'un poc lluny m'ha semblat veure-li la cara amb sang... ara que ho dius...

JULIANA: I no has fet res? No li has preguntat res? I per què no m'ho deies? *(*AMAT *no respon. Ella continua, a punt de plorar.)* Per què no la portaves, sense enfadar-t'hi, amoixant-la, entre els teus braços?

AMAT *(feréstec)*: Els meus braços? Hum!

(Una pausa breu.)

JULIANA: Hagués estat jo...

AMAT: No t'espantis...! mala herba...

JULIANA *(ofesa)*: Ets massa rancuniós, Pere. D'una filla es perdona tot.

AMAT *(amb ràbia)*: Perdonar! Ja ho veuràs quan torni!

Juliana: I si no tornava?
Amat: A on anirà?
Juliana: De vegades...
Amat: Prou que tornarà! I aleshores la tindré aquí fermada com un gos! No estudiarà més, farà les feines de la casa, tot el que ara fas tu.
Juliana: Més mal, més mal! Ella no ha nascut per fer això...
Amat: Ho farà... per força!
Juliana: No, no ho vull, Pere!
Amat: Tinga-li compassió! Com ens tracta ella?
Juliana: Malament, sí... Però no parlis de lo que hem de fer... espera. No veig res clar, ara. Esperem. Qui sap lo que pot passar? La qüestió és que la meva filla torni bona...
Amat: Sí, Sí, que torni! Jo li faré justícia.
Juliana: Calla! No em torturis més!
Amat: Les teves ploralles de mare seran en va...
Juliana: No és això lo que m'havies dit. Hem quedat que no faríem res contra ella. Tu mateix ho has dit: sofrirem resignats lo que Déu ens enviï...
Amat: És cert que ho he dit...
Juliana: I ara ja parles de fer-te tu mateix la justícia? Quina justícia podem fer nosaltres? No hi ha a dalt el bon Déu que farà justícia per tots? Si ho arribessis a entendre com jo, tindries la consciència tranquil·la...
Amat: No tot s'acaba amb la consciència...
Juliana: És cert, hi ha el nostre cor de pares...
Amat: I l'amor propi, i moltes altres coses... Un

pare no vol mai que es pugui suposar que els seus fills se burlen d'ell...

(Una pausa breu.)

JULIANA: Veus, Pere...? així com ja tenim l'aigua del bon Déu... un altre dia la nostra filla...
AMAT: Què?
JULIANA: No es pot negar que això és un miracle. El cel estava ras, sense un petit núvol...
AMAT *(per a si)*: Sí... un miracle.
JULIANA: Doncs qui ha fet aquest també pot fer el de la nostra filla.
AMAT: Som en un temps que és molt possible que un pare no arribi a governar una filla... Abans no passava això. Me poguessis dir qui els ha portat, aquests temps... Per què han vingut? I per què nosaltres hem de ser els castigats?
JULIANA: La instrucció... el saber massa... és un perill! Ja tenien raó els vells!
AMAT: I encara vénen aquests a predicar! Jo els trauria a tots del món! Savis...? No els necessitem per a res. Tot és mentida! Hum... Me'n vaig a veure quin temps fa...
JULIANA: No, deixa estar. Sembla que para...
AMAT: Vull veure si el persegueixen encara camí avall...
JULIANA: Vés... Jo no tinc esma de pujar.
AMAT: Encara no toquen al tedèum? És estrany...

(Desapareix per la porta petita del fons. Una pau-

sa. JULIANA *acota el cap contra el seu pit i sospira. Se senten passes a l'entrada.)*

JULIANA *(esforçant-se a fer la veu serena)*: Qui hi ha?
TRINITAT *(a l'escala)*: Una servidora.
JULIANA *(anant a rebre-la)*: Ah! És vostè, senyora!
TRINITAT *(apareix amb un paraigües a la mà. El deixa. Abraça* JULIANA*)*: Ja sabia en quin estat l'havia de trobar. No plori... Aconsoli's! He vingut a fer lo que pugui per vostè...
JULIANA: Gràcies.
TRINITAT: Si m'ho afigurava... hauria vingut més aviat...
JULIANA: Ah! Déu meu! Una filla única!
TRINITAT: Sí, és trist... però s'ha d'asserenar. Escolti, recordi's de les paraules que ahir li va dir el senyor rector: vostè pot tenir la consciència tranquil·la...
JULIANA: I no l'hi tinc... ho sento.
TRINITAT: I el seu marit on és?
JULIANA: És a dalt, a veure lo que passa.
TRINITAT: En Joan encara no ha vingut a casa.
JULIANA: Deurà venir aquí.
TRINITAT: Segur. Hi ha hagut un gran desordre. Han tirat dos trets... diu que no han fet mal a ningú... sap qui els ha tirat?
JULIANA: El pastor.
TRINITAT: És un mal esperit. Tot plegat no seria res sense el disgust que els ha donat la seva filla... El seu pare, com deu estar!
JULIANA: Faig tot lo possible per calmar-lo. Apa-

rento serenitat i tinc un clau al cor que me mata... me mata!

(Se sent petar la pluja furiosament.)

TRINITAT: Sent? *(Una pausa.)* Jo sí que he fet just! Al sortir de casa semblava que parés.
VEU *(des del carrer crida fortament)*: Aiguaaaa!
TRINITAT: Ja l'enyoràvem aquest temps! Beneïda sigui l'aigua del Senyor!
JULIANA: Sí, beneïda!
TRINITAT: Ara vostè no perdi la confiança... Facin quedar la noia entre vostès i no l'enviïn més a la ciutat de perdició...
JULIANA *(que s'ha alçat a guaitar al balcó)*: No, mai més! si hi som a temps!
VEU *(des del carrer)*: Aiguaaaa...!
TRINITAT: Que contenta està la gent!
JULIANA *(per a si)*: A on deu ser? Què deu fer? Amb aquesta pluja! Ah...! la pobra filla meva...! Qui li ha girat el cap?
TRINITAT: Un mal esperit que la governa.
JULIANA: I ha sentit dir a algú si s'ha fet mal? A son pare ha semblat que tenia sang...
AMAT *(apareixent)*: Està molt emplujat...! i no es veu ningú enlloc... ni se sent res...
JULIANA: Res...? ningú?
AMAT: Només que la remor de la pluja pertot.
TRINITAT: Sembla que els camps se posaran bé.
AMAT: Sí... si plogués així tota la nit. I en Joan on és?

TRINITAT: Encara no ha vingut a casa.

JULIANA: Vindrà aquí així que pugui.

AMAT: En Joan no té autoritat... no és bo per a batlle... Si no hi sóc jo, passava un desordre...

TRINITAT: No... és massa bon home.

AMAT: Se pot ser bo i saber manar. Jo em penso que no sóc pas dolent...

MOSSÈN *(a l'escala)*: Déu, gràcies!

JULIANA *(amb veu planyívola)*: A Déu siguin dades!

AMAT *(anant a rebre'l)*: Mossèn Gregori, amb aquest temps!

MOSSÈN *(entrant amb un paraigües regalimant de la pluja)*: Bones tardes, germans! Oh, l'hermosa pluja del cel!

TRINITAT: I s'atreveix amb aquesta pluja?

MOSSÈN: M'agrada rabejar-me en aquesta aigua com si fos una benedicció del Senyor!

AMAT: Qui ho havia de dir aquest matí?

MOSSÈN: Quan Déu vol, tot canvia el seu curs, tant la vida dels homes com la naturalesa. Ah...! l'esperava, aquest resultat! En tota la nit passada no he dormit pregant al bon Déu...

*(*JULIANA *sanglota baix, ofegant un plor.)*

TRINITAT: Senyora...

AMAT: Juliana, per què fas això?

MOSSÈN: Encara no està més tranquil·la aquesta bona senyora?

JULIANA: Oh! no...! No puc...!

MOSSÈN: No s'espanti. Quan la seva filla s'haurà

esgarriat prou, Déu la cridarà al bon camí. Qui sap aleshores si, com Sant Pau...

AMAT: Mossèn Gregori, no n'hi parlem més... Tot és inútil..

JULIANA *(alçant-se per anar-se'n)*: Deixin-me estar sola amb la meva pena, amb la meva vergonya...

TRINITAT: No, no, de cap manera!

AMAT: No vull que t'estiguis sola!

MOSSÈN: La soledat és mala consellera en aquests casos. Escolti: a saber si la Verge ha fet aquest miracle tan manifest per tocar el cor de la seva filla?

AMAT: No té cor.

JULIANA: Cert, no.

MOSSÈN: Una llum del cel penetrarà el seu esperit. Comprendrà que les nostres febleses no poden res contra la suprema voluntat. I aleshores vindrà el repenediment...

JULIANA: O el càstig...

MOSSÈN: Déu dóna temps al pecador de repenedir-se...

TRINITAT: Hi ha moments que penso que la Cecília tornarà plorant i demanant-vos perdó, reconciliada amb Déu. Que seria hermós! I a en aquest foraster el veig sense trobar sopluig enlloc, sense que ningú li doni acolliment, sense pa ni llum, corrent tres dies i tres nits sota el mal temps...

MOSSÈN: No, la nostra bondat ha d'arribar fins a perdonar els nostres enemics...

AMAT: No val res ser tan bondadós quan hi ha tanta gent dolenta... me sembla que és un pecat!

MOSSÈN: Amat, vós no sou un perfecte cristià. No sabeu ofegar les petites rancúnies del vostre cor... Així, si la vostra filla tornés demanant-vos perdó, reconciliada amb Déu... què faríeu?

AMAT *(brusc)*: No ho sé.

MOSSÈN: Aquesta resposta, només, ja és un gran pecat. Mireu que us dic reconciliada amb Déu...!

AMAT *(feréstec)*: Jo ho he sentit, sí!

MOSSÈN: Què faríeu?

JULIANA: Perdonaries, no és cert?

TRINITAT: Perdonaria, sí!

AMAT: He dit que mai més... i mai més!

MOSSÈN *(ofès)*: Aneu! Vosaltres no sou cristians! No estimeu el Senyor! Aneu a missa, compliu amb els preceptes de l'Església, teniu una idea de Déu... però Déu no és dins del vostre cor!

JULIANA: Oh, Déu meu!

TRINITAT *(sorpresa)*: Calleu! Sento algú!

AMAT: Qui hi ha?

JOAN *(de l'escala)*: Jo.

TRINITAT: Ah! Ja és hora!

(Entra JOAN, *mullat i de mal humor.)*

JOAN: Vinc de casa, on he anat per mudar-me, i no trobant-hi ningú...

TRINITAT: Tardaves tant que me n'he vingut aquí creient que hi series...

JOAN: Anem! Estic tot moll!

MOSSÈN: Espereu-vos, conteu-nos lo que hi ha de nou.

JOAN: No hi ha hagut manera d'aturar el poble.

AMAT: Sempre darrera d'ell! Oh...! el poble tenia raó d'estar indignat...

MOSSÈN: Potser se n'ha fet massa, el poble.

JOAN: Sí, se n'ha fet massa. Era una pluja de pedres camí avall... S'havia d'haver fet els possibles per contenir-los...

MOSSÈN: És cert...

JOAN: Ningú m'ha ajudat... jo prou feia, però què és un home sol? Per què no ha fet tocar el tedèum, vostè? Era la sola manera d'aturar el poble...

MOSSÈN: He donat l'ordre al campaner. No sé per què no ha tocat... No pot tardar...

JOAN: Ara ja és tard.

AMAT: Tard?

TRINITAT: Per què dius això?

MOSSÈN: Escolti: li han fet mal...? Ha passat alguna desgràcia?

JOAN: No ho sé... però no estic tranquil...

JULIANA: I la nostra filla? L'heu vista?

JOAN: Sí, l'he vista entre la gent.

AMAT: No li has dit res?

JOAN: No.

JULIANA: Tenia sang a la cara... ho heu vist?

JOAN: No, no he vist res.

MOSSÈN: Per què ho pregunta, senyora?

JULIANA: Tinc por que no s'hagi fet mal...

JOAN: Quin desordre! Ha anat tot malament! Tu tens una gran part de culpa, Amat.
MOSSÈN: No podia passar d'altra manera.
JULIANA: Heu vist si ella el seguia avall?
JOAN: La vostra filla...? No ho sé. *(Pausa breu.)* Anem. Me vull mudar! Vinc xop fins a la pell. Anem, que me'n vull tornar avall...
TRINITAT: A què fer?
JOAN: A saber lo que passa.
AMAT: Deixa estar, que s'arreglin...! Ja el tenim fora...
MOSSÈN: És estrany que el campaner no toqui...
AMAT *(guaitant al balcó)*: Ja calma la pluja.
JOAN *(amb mal humor)*: I si no ha estat res...! Dos ploviscons... i fora!
MOSSÈN: Escolteu, Joan. Voleu dir que no heu salvat la collita amb aquesta aigua?
JOAN *(amb fermesa)*: No, senyor.

(Se sent tocar la campana a tedèum.)

MOSSÈN: Teniu! Ja estic tranquil! Anem-hi tots a donar gràcies. Vós, Joan...
JOAN: No, per l'aigua no val la pena...
TRINITAT: Què dius, Joan?
JULIANA: Bé plourà més...
AMAT: Els núvols s'agombolen a llevant...
JOAN: Sí, sembla que de sobte tot se n'hagi d'anar en aigua... i després...
MOSSÈN: Demà plourà tot el dia. Mireu el poder de Déu com se manifesta dominant-ho tot.

Observeu que ni un sol llamp ha brillat en tota la tarda, ni una ratxada de vent malastruc, sinó que la pluja ha caigut suau, com un do del cel. Ah...! no és tempestat el que Déu ens envia, sinó pluja benèfica que ha de retornar els nostres camps...

TRINITAT: És cert...

MOSSÈN: Una nova primavera apareixerà...

JOAN: No, senyor... tot és mort... sembrats, collites de tota mena... Se salvaran els arbres i gràcies...

AMAT: Potser la collita i tot.

JOAN *(amb fermesa)*: Per què parlar de la collita si tothom sap que és perduda?

MOSSÈN: Ara lo principal és saber que Déu no ens oblida...

JOAN *(amb duresa)*: Fa tres anys seguits que perdem la collita, senyor rector!

MOSSÈN: Si ens aferrem només als béns de la terra...

JOAN: I què ens queda a nosaltres, els homes, fora d'això?

TRINITAT: Joan! Per Déu!

AMAT: Amic, amic!

MOSSÈN: Escolteu, Joan: us creieu que en tots els cors no hi batega una queixa com en el vostre? Us creieu que la llaga del dolor no és universal? Ditxós qui alça els ulls al cel per oblidar les misèries de la terra!

*(*JOAN *no contesta, pensatiu.)*

JULIANA: No us podeu queixar... mireu-nos a nosaltres...

MOSSÈN: I vosaltres, si mireu enrera, en trobareu de més desconsolats... Això és la vida...

JOAN: Maleïda la vida, doncs!

(Tots queden silenciosos, estranyats de l'actitud de JOAN. *Ell mateix es queda pensatiu, dret davant del balcó.)*

MOSSÈN: La vida no és una cosa nostra. Així, no hem d'estar-ne orgullosos, ni l'hem de maleir... És una creu que l'hem de portar amb resignació serena.

TRINITAT: Joan! Per què dius aquestes coses?

MOSSÈN *(observant-lo fondament)*: No hi ha res més horrible que el dubte! Amb el cor net de dubtes se pot viure ditxós enmig de la més gran pobresa!

TRINITAT: Per què ha anat a venir aquell mal home? (JOAN, *cavil·lós, surt al balcó.* TRINITAT *el segueix i continua.)* Què tens, Joan? Mai t'havia vist així!

MOSSÈN: Deixeu-lo. Van a fer el segon toc. Comenceu-vos a preparar per anar a l'església i jo em cuidaré d'ell...

JOAN: No... és inútil ja. Què em vol dir, Mossèn Gregori...? És inútil...! Fa un instant m'he donat compte...

MOSSÈN: Aquest foraster us ha torbat el pensament... ho veig. En mala hora ha vingut...

JOAN: Ens hem portat malament, molt malament tots junts, senyor rector.
MOSSÈN: Per què dieu això?
JOAN: Ho sento. No és just... no està bé lo que s'ha fet amb aquest home...
TRINITAT: Que has perdut l'enteniment, Joan?
AMAT: No et conec, amic.
MOSSÈN: Ni jo tampoc.
JOAN: No em coneixeu? Ja no pot ser... però sento... no em sabré explicar... aquest home tenia raó...!
JULIANA: Jesús! I com us torneu, Joan!
JOAN: Jo ho havia pensat, lo que ens ha vingut a dir aquest home... un medi positiu, una cosa real per a combatre la secada...
MOSSÈN: Déu meu!
JOAN: Si vol que li sigui franc, senyor rector...
MOSSÈN: No... no... ni una paraula més, Joan. Ja ens entenem... Us compadeixo i prou. Les ànimes més pures, els mateixos sants, no s'han pogut lliurar del dubte. És una prova que Déu us envia, i de les més cruels... El millor remei és que no deixeu conèixer a ningú l'estat de la vostra ànima i ofegareu el dubte com una flama que no us deixa respirar...

(Se sent el segon toc del tedèum.)

AMAT: El segon toc!
MOSSÈN: Sentiu? L'església ens crida. Anem-hi tots!
AMAT: Anem, Joan, que t'acompanyaré.

MOSSÈN: No, vosaltres ja anireu venint. Aquest home me l'emporto jo pel meu compte, com un pastor que pren l'ovella malalta...

JOAN: No, vaig a mudar-me i me'n vaig cap a l'hostal de la carretera, a veure lo que ha estat del foraster. Fins que sàpiga com està aquest home, no viuré tranquil.

MOSSÈN: Està bé... però vindreu al tedèum, no és cert? I cridareu a tot el poble...

JOAN: No cridaré a ningú, senyor rector. Les campanes toquen per tothom... Qui vulgui venir, vindrà! Anem!

TRINITAT: Però, Joan...

JOAN: Anem! Estic mullat i porto pressa! *(Pren l'actitud d'anar-se'n.)*

MOSSÈN: No sabeu quin és el vostre dever com a batlle del poble?

AMAT: Presidir el tedèum al banc de l'Ajuntament...

TRINITAT: Aquest és el teu dever i no córrer darrera del foraster...

JULIANA: Sí, Joan.

JOAN: El meu dever és complir amb la meva consciència! *(Desapareix.)*

TRINITAT *(seguint-lo)*: Què té? No sap lo que es diu...

JULIANA: Que és estrany!

AMAT: Què vol dir, això?

MOSSÈN: L'obra dels malvats que comença a donar el seu fruit...

AMAT: Maleïda sigui l'hora...!

Mossèn: No maleïu... no tingueu por... jo tornaré al ramat l'ovella esgarriada...

(Entra Cecília, *mullada, escabellada, brut de fang el vestit, però serena.)*

Amat *(en veure-la, no podent-se contenir)*: A on vas? D'on véns? Fora! Aquí no és casa teva!

Juliana: Pere, deixa... no cridis...

Mossèn: No, no crideu...

Amat: A on vas? Parla! Parla...!

Cecília: Aquí.

Amat: A què fer?

Cecília *(avançant)*: A mudar-me la roba...

Amat *(impedint-li el pas)*: Aquí no n'hi tens, de roba! No hi tens res...!

Cecília: Deixeu-me estar...! Vull passar! Vinc xopa d'aigua! Vinc malalta! Deixeu-me estar...!

Amat: Malalta! Com no véns morta!

Juliana: Pere... deixa estar. Perdona, per ara... No cridis.

Mossèn: Sí, perdoneu. I vostè, Cecília, recordi-se'n, de com saben perdonar els bons cristians.

Amat: Perdonar, no! Justícia vull i no perdó!

Juliana: No, mira-te-la com ve... fa por i pietat... No et commou després de tot? Filla meva, per què has fet això?

Amat: No li preguntis res, no diguis res, tu. Vosaltres, les mares, no teniu autoritat, no us feu respectar, no sabeu pujar els fills...

Juliana: Vet-ho aquí el que sabeu dir, els homes.

No sabem pujar els fills! I vosaltres què feu? Per què hi sou? No us doneu compte que els fills costen alguna cosa fins que són grans i us donen un disgust. Després, guerra a la mare... oh...! els homes...! tot ho heu fet vosaltres... la mare...

AMAT: Calla! Calla, tu!

JULIANA: Us han servit de distracció... no us han costat cap sacrifici... i més tard...

MOSSÈN: Cecília, vagi al seu quarto i mudi's, cregui'm a mi. El seu pare la perdonarà...

CECÍLIA: No, trobo interessant lo que acaba de dir la mare... és cert...

AMAT: Ho veu? I vol que la perdoni? No!

CECÍLIA: Continueu, mare. Canteu-li les veritats a en aquest home!

JULIANA: Filla!

AMAT: A qui dius, aquest home?

CECÍLIA: A vós. Us he vist fer actes tan brutals que em repugna dir-vos pare.

MOSSÈN *(horroritzat)*: Pst...! No ofengui a Déu ofenent a son pare!

AMAT *(agafant-la per l'espatlla i donant-li brutalment un cop)*: No té Déu ni res, aquesta!

CECÍLIA *(desprenent-se de son pare)*: És el darrer!

MOSSÈN *(agafant* AMAT *i contenint-lo)*: Seny! Atureu-vos...! Això és ofendre a Déu, també!

JULIANA: Filla, perdona. I tu també, Pere. Mossèn Gregori, no se'n vagi sense posar pau a casa...

MOSSÈN: No me'n vull anar. Amat, deixeu estar la vostra filla, avui. I això de pegar-li, mai...

CECÍLIA: No, mai més!

JULIANA: Què vols dir, filla?

AMAT: Si se'n vol anar, ja pot... ara mateix...

MOSSÈN: Ningú parla d'anar-se'n. No us precipiteu. Un altre dia, més serè, amonestareu a la vostra filla, li fareu obrir els ulls que ara té tancats... Avui no, no hi veieu ni vós ni ella... I la pobra mare, allà, pateix per tots dos... Avui al tedèum, aviat faran el tercer toc i jo no hi puc mancar... ni us vull deixar. Vindreu amb mi.

AMAT: Ella i tot!

JULIANA: No.

AMAT: Per força. Com a càstig. Que es mudi de seguida.

MOSSÈN: El Senyor no vol ningú per força.

AMAT: Jo sí!

MOSSÈN: No blasfemeu. Vagi a mudar-se, Cecília. Se quedarà sola a casa. Els seus pares vénen amb mi a l'església, a pregar per vostè...

AMAT: No, jo no prego per ella!

JULIANA: Pere, acaba-ho d'una vegada. Anem amb el senyor rector...

AMAT: No vull que es quedi ella sola a casa... que surti...! Vull prendre la clau...

CECÍLIA: Espereu-vos, deixeu-me mudar i la prendreu.

JULIANA: Filla! Què vols fer? Quines intencions portes?

MOSSÈN: No us atormenteu. La vostra filla es quedarà aquí tranquil·la.

Juliana: Si no l'haguessis tancada, no hauria passat res d'això. Ets un caràcter violent, un mal...

Amat: Un mal... què? Calla! No et giris contra mi!

Juliana: Tu li has fet avorrir aquesta casa!

Amat *(amenaçant-la)*: Calla! Prou! Les dones a la cuina i no a discutir!

Cecília: Sí... veieu...? La mare ja tremola veientvos enfadat. En lloc d'inspirar amor, feu por... aquesta és l'autoritat dels homes, dins de casa. Però la mare no em donarà la raó a mi... no pot. L'heu dominada, l'heu reduïda a res... Una dona no és res amb homes com vosaltres... Ens mateu l'ànima, si no ja no ens voleu, som dolentes...

Juliana: Filla, no ens diguis aquestes coses... No ens vinguis a donar lliçons... nosaltres...

Cecília: Vosaltres, tant el pare com vós, me creieu dolenta. Esteu previnguts contra mi perquè vull viure a la meva manera... perquè quan veig la raó la dic. No compreneu que la dona pugui arribar un dia a ser alguna cosa... Les dones sou les primeres en anar contra vosaltres amb la vostra submissió a pares i marits...

Mossèn: Calli, Cecília, les seves idees són dolentes.

Cecília; No n'hi ha, d'idees dolentes!

Amat: Calla! No repliquis al senyor rector... Amb mi i la teva mare passi... però què saps tu, al costat de Mossèn Gregori?

MOSSÈN *(amb ironia)*: No... la vostra filla sap molt... però molt de dolent.

JULIANA: No et fa vergonya això? On ho has après?

AMAT: I de què coneixes aquest home? Parla. És que potser ha estat el teu...?

JULIANA: No... Pere! Calla!

AMAT: Per què corries darrera d'ell com una gossa?

JULIANA: Això no, Pere! No està bé de dir això a una filla!

CECÍLIA: Deixeu-me parlar!

MOSSÈN: No, com més parleu, més us exciteu tots junts. Els uns i els altres us heu de respectar...

CECÍLIA: Què més vull jo...? el respecte... i trobo la violència... Se'm tanca amb clau com una boja... o una fera... Eh! això no és un pare!

AMAT: Encara n'he fet poc!

MOSSÈN: Calleu!

JULIANA: I quina culpa hi tinc jo, amb això? I tampoc m'estimes... Jo li he dit: no ho facis...

CECÍLIA: Vós, no sou ningú, no sou res... com totes les dones...! Treballeu en el vostre racó i prou...! Sofriu, ploreu per les penes de tots i no podeu canviar res... Us heu deixat matar, enterrar per ells... els monstres...!

MOSSÈN: Prou, Cecília, no digui això, que no té sentit.

AMAT: A qui diu monstre?

MOSSÈN: A ningú. La dona, Cecília, la mare, l'esposa, és feta per a l'amor...

Cecília: Mentida! Per al dolor, per al sacrifici estèril... Del meu cor brolla amor per tot i només troba autoritat, passió brutal, domini...

Mossèn: La religió cristiana, catòlica, ha dignificat la dona...

Cecília: No! No...! Som esclaves com sempre! Oh...! No en parlem més! Tot se revolta dins de mi...!

Juliana: Filla meva! Calla...! Jo estic contenta de plorar... de sofrir amb tal que tu i ell esteu contents...

Cecília: I ell com us ho agraeix? És un egoista...!

Mossèn: Cecília, en lloc d'esforçar-se en calmar el seu pare, l'irrita...

Cecília: M'és igual. Tinc de dir lo que sento. Feia temps que bullia dins meu!

Amat *(amb decisió ferma, esforçant-se per contenir la seva fúria)*: Anem, Mossèn Gregori! No tindria prou serenitat... No vull... Anem!

Mossèn: Això, domineu-vos... és la més gran victòria...

Cecília: I estimar...! Sí que us estimo, mare. Però no com vosaltres ho enteneu... en el meu amor hi ha odi...

Juliana: Odi...! filla...! odi! Per què?

Cecília: Contra vós, contra totes les dones que no sou res.

Juliana: Som com som, filla meva!

Amat: Deixa-la estar!

Cecília: I elles també me'n tenen a mi, d'odi... me troben dolenta...! Les vinc a despertar i no ho volen. Vosaltres mateixos m'estimeu com a filla, de certa manera instintiva... però com a dona m'odieu...!

MOSSÈN: Quines idees, Cecília! Me fa compassió...!

CECÍLIA: A mi em feu ràbia tots! Vostè, el mestre, el pare, l'Església, les llegendes, els miracles... la vostra misèria... són les anelles d'una cadena, que em fa mal i vull rompre...!

MOSSÈN: Amat! Amat! La vostra filla no sap lo que es diu, està folla avui. Ho comprenc: la pluja, el tropell, l'han irritada, com al batlle. Anem al tedèum. Van a fer el tercer toc. *(Agafa* AMAT *per l'espatlla emparant-lo i persuadint-lo.)* Anem! Avui és dia de perdó! Nostre Senyor no vol que s'entri a la seva casa amb cap mal sentiment al cor... Ablaniu-vos, perdoneu, vostè, també, senyora...

JULIANA *(quasi plorant)*: Jo la perdono de tot lo que ha dit... de tot lo que ha fet amb tal que no perdi el seu amor... *(Commosa, s'acosta a la seva filla i va a fer-li un petó.)*

AMAT *(agafant a* JULIANA *i separant-la brutalment de la seva filla)*: Això no! No n'és digna!

MOSSÈN: Deixeu!

CECÍLIA *(anant a la seva mare i besant-la)*: Jo sí, mare. Aquest petó és el del meu amor que no és fet de plors, dolors i sacrificis estèrils com el vostre...

AMAT *(separant-les indignat)*: Prou! Que són bèsties les mares! Anem!

(Juliana, *commosa, es dirigeix al fons.)*

Amat: A on vas? A plorar? Vine aquí!
Juliana: A posar-me la mantellina. *(Desapareix.)*
Mossèn: Anem de seguida, Amat...
Amat: Sí, anem. *(A sa filla.)* Avui és dia de perdó, diu Mossèn Gregori... Perdonem! Demà tornarem a ser nosaltres i la justícia no es farà esperar. Adéu ciutat...! pots dir... adéu carrera i llibres del dimoni! Te quedaràs amb nosaltres, reclosa dins de casa, amb els nostres costums, com reblada amb un clau...
Juliana *(sortint vivament amb la mantellina a mig posar)*: Prou amenaces, ja té raó la nostra filla: els homes sembla que ens hagueu de tenir lligades de mans i braços per la por que ens feu...!
Mossèn *(baix, a* Juliana*)*: Calli, senyora, per l'amor de Déu... no doni raó a la seva filla!
Amat *(anant-se'n davant)*: Maleïdes les dones!
Mossèn *(anant-se'n amb* Juliana*)*: Cecília, anem a pregar per vostè...
Juliana: A pregar per tu, filla meva...

(Desapareix Juliana *plorant.* Cecília *queda pensativa. Se sent el tercer toc del tedèum. Així que ella es dirigeix a la porta del fons se senten passes.)*

Cecília: Qui hi ha?
Vergés *(a l'escala)*: Un servidor.
Cecília *(durament)*: Què hi ve a fer ara, aquí?

VERGÉS *(que entra molt ben compost i gens mullat, amb els pantalons arregussats i un paraigües a la mà)*: He trobat la seva família...

CECÍLIA: I què? Li han encomanat que em vingués a catequitzar?

VERGÉS: A mi? No! Passava per aquí davant quan ells sortien. I Mossèn Gregori m'ha dit: vostè que és amic d'ella...

CECÍLIA: Oh...! Prou. No vull saber res més d'això. He romput els ferros de la presó... l'àliga abandonarà el galliner...

VERGÉS: Què vol dir?

CECÍLIA: No em pregunti res, vostè... no hi té dret. Per què m'ha deixat sola entre la turba? Contesti'm això...

VERGÉS: He pensat que seria millor no comprometre'm... retirar-me prudentment...

CECÍLIA: Se l'havia de defensar. Si vostè hagués estat un home...!

VERGÉS: Què podia fer jo? Oh! i a vostè la veig tota mullada... descomposta... Canviï's la roba! Pot agafar una malaltia!

CECÍLIA: Deixi estar. Parli...

VERGÉS: Cregui'm, Cecília, fa pietat... Què ha fet? A on ha anat?

CECÍLIA: Camí avall, seguint la gentada...

VERGÉS: Està ronca! Quina imprudència! Per què fa aquestes coses, Cecília? No veu que aquest home no té prou força per defensar les seves conviccions? S'ha mostrat tan poc valent...!

CECÍLIA: I vostè què hauria fet al seu lloc?

VERGÉS: No ho sé. Necessitaria trobar-me en aquells moments...

CECÍLIA *(amb ironia)*: No és fàcil que s'hi trobi. *(Una pausa.)* M'hauria agradat veure'l més valent. És hermós un home valent...! Una se sent abrigada... com protegida per ell. És tan hermós un gest heroic encara que sigui inútil!

VERGÉS: Aquest home no podia fer res. Baldament hagués estat un héroe, no podia fer res...

CECÍLIA: No... s'ha de destruir la llegenda abans... aquest poder que plana sobre el cor dels homes, sobre el poble enter.

VERGÉS: Tan poètica que és la llegenda!

CECÍLIA: I s'ha de destruir perquè fa mal. Allunya de la viva, de la fecunda realitat. Quan jo pujo de la ciutat i entro en aquesta contrada, me sembla que una atmosfera que em priva de respirar m'estreny la vida del cor i del pensament. Jo mateixa no m'hi puc sostreure, he de fer esforços per no defallir.

VERGÉS: I on és l'home prou fort per destruir la llegenda?

CECÍLIA: Justament sembla l'obra confiada, reservada a nosaltres...

VERGÉS: A nosaltres dos?

CECÍLIA: A tots els que tenim la missió d'ensenyar a les criatures...

VERGÉS: Els mestres?

CECÍLIA: No li sembla que la podríem destruir, la llegenda, a cada instant, cada dia de la nostra vida, en les joves intel·ligències, en els tendres cors?

VERGÉS: I el govern? Ah...! no sap com el nostre govern catòlic...

CECÍLIA *(seguint el seu pensament)*: Si jo em sentís prou forta per sacrificar els meus anhels de conèixer món, me quedaria en aquest raconet a formar la nova consciència, a treballar per l'avenir...

VERGÉS *(commòs)*: Oh...! Cecília...! Quedem-noshi tots dos...?

CECÍLIA: Tots dos?

VERGÉS: Sí... sacrifiqui les seves ambicions i faci'm a mi ditxós... Vull dir... vostè ja coneix l'afecció que jo sento per vostè... L'estimo... sí, molt...!

(Se sent la veu del MANSO *que crida a l'escala.)*

MANSO: Se pot pujar?

VERGÉS: Qui hi ha?

MANSO *(de la porta estant, sense acabar d'entrar, amb la gorra llevada)*: Senyoreta...

CECÍLIA *(sorpresa)*: Què hi ha?

MANSO: Han ferit el foraster.

CECÍLIA *(amb un crit de queixa)*: L'han ferit?

VERGÉS: Oh...! I a on és ara?

MANSO: A l'hostal de la carretera.

CECÍLIA *(amb viva inquietud)*: Molt mal ferit?

MASO: D'una pedrada i un cop de bastó al cap...

CECÍLIA *(amb indignació)*: Salvatges...! I com ha estat...? Parleu...

Manso: Abans d'arribar a l'hostal s'ha girat de cara al poble, sense témer res, cridant contra tothom. Ha renegat del nostre Déu, de la nostra fe, de la nostra vida...! Ens ha maleït...! Ens ha fuetejat com a bèsties... i el poble l'ha apedregat sense compassió. Volien cremar l'hostal...! Oh...! n'ha fet massa! Jo mateix m'he indignat. Un home tindrà els seus instants dolents, però que li respectin el seu Déu...!

Vergés: I ara és a l'hostal... dieu?

Manso: Esperant que passi el cotxe de la nit i se l'emporti, mig baldat... No tindrà ganes de tornar, no...

Cecília: I la gent l'ha deixat... per fi?

Manso: Ara tothom és cap a l'església.

Cecília: Tothom?

Manso: Sí, només hi ha el batlle allà baix que el volia prendre cap a casa seva...

Cecília: Tothom és a l'església, ho sent, Vergés?

Manso: Sí... tot el poble en pes... Ha plogut, no es pot negar. Sigui lo que sigui, ha plogut... està bé donar gràcies a Déu... Jo també hi vaig...

Cecília: Vós? No éreu dels que cridaven més a favor d'ell... segons m'han dit?

Manso *(confós)*: No, no és cert... És un malentès... Jo he pujat aquí per donar-li la nova de part del batlle. Ara, bones tardes... Me'n vaig a l'església. *(Desapareix torbat i vergonyós.)*

Cecília: No toqueu el seu Déu...! Qui és? Qui pot ser el Déu d'aquest home...? de tots aquests homes?

VERGÉS: És cert, Cecília... Quan la vida és tan estúpida i els homes també, val la pena de tenir cap ideal?

CECÍLIA: Sí, no s'ha de tenir l'ideal pels altres, sinó per si mateix. Moltes vegades, somniadora, he desitjat tenir ales i no és per als altres, cregui'm, que ho he desitjat, sinó per a mi... per veure i dominar món! *(Es dirigeix cap al fons.)*

VERGÉS: On va, Cecília?

CECÍLIA: A mudar-me per prendre el cotxe d'aquesta nit.

VERGÉS: Què diu?

CECÍLIA: L'àliga deixa el galliner, per sempre...

VERGÉS *(estupefacte)*: Però, se'n va... de veres...? Ara de seguida...? Així... sense meditar-ho... sense fer-se vostè mateixa la pro i la contra...?

CECÍLIA: Així! Faré viatge amb ell!

VERGÉS: I a on va... no es pot saber?

CECÍLIA: Amb el meu amic.

VERGÉS: Però, qui és un amic...? No és prudent...

CECÍLIA: Bah...! Si em vol jo aniré amb ell a l'altra part de món. És un home fort i només ell ha desvetllat els meus sentiments de dona...

VERGÉS: I els seus devers de filla...? Els seus pares...?

CECÍLIA: Fujo d'un càstig terrible... el meu pare...

VERGÉS: Però no li diu res la seva consciència?

CECÍLIA: Sí... que vagi a endolcir les ferides del meu amic.

VERGÉS *(amb amor i tendresa)*: I la seva obra d'aquí dalt, doncs?

CECÍLIA: La meva obra, abans que tot, és la meva vida! *(Se'n va decidida per la porta del fons.)*

VERGÉS *(per a si)*: Oh...! Qui sap com pararà la seva vida...!

*(*VERGÉS *es passeja estúpidament per la sala. Una gran pausa. Al temps necessari, surt* CECÍLIA, *mudada, amb barret i un saquet de viatge a la mà.)*

CECÍLIA *(en sortir)*: I vostè, Vergés, faci un esforç! Vostè a qui els grans ideals li fan rodar el cap, faci l'obra que jo no puc fer... Amb paciència, amb constància, cada dia, cada instant, amb els petits faci l'obra del mestre de l'avenir...

VERGÉS *(vacil·lant)*: Ho provaré... sí. Escolti: per lluny que vostè sigui, per temps que passi, vostè tindrà un bon record de mi si faig això...? Guanyaré molt al concepte de vostè...?

CECÍLIA: Sí, molt... molt!

VERGÉS: Doncs ho faré, l'hi juro!

CECÍLIA: Gràcies. Però escolti: ho fa per mi... o per la fe en la seva obra?

VERGÉS: És igual. Els que no som forts, els que no sentim un gran ideal dins de nosaltres... potser necessitem que una dona ens assenyali el camí...

CECÍLIA: Vostè no farà res...

VERGÉS: És estrany! Me dóna ales i després vostè mateixa té el poder de descoratjar-me... per què això...? És inexplicable... però sento que sense la presència de vostè...

CECÍLIA: Ja ho sé... no faci res i serà millor. Deixi

l'obra verge per a un altre... I ara decididament... adéu... *(Li dóna la mà i somriu.)* Vostè quedi's entre les aigües encantades...

VERGÉS *(tornant-se, de sobte, agressiu)*: Me quedo entre les aigües encantades, és cert... però vostè se'n va cap a unes aigües sorolloses i tèrboles... i tan estèrils com les nostres...!

CECÍLIA *(triomfalment)*: Me deixo arrossegar per la corrent!

VERGÉS: I jo em deixo adormir en la quietud. No hi fa res. Anem per diferents camins, Cecília, però em sembla que ens trobarem...

CECÍLIA: Què vol dir?

VERGÉS: Ens trobarem, més tard, sense que l'un ni l'altre haguem fet res de profit!

CECÍLIA: No ho sé...! Ell i jo podem anar errats... però portem una il·lusió, una fe... Lo que sento, i en tinc la convicció, és que si alguna cosa de gran hi ha en els temps futurs, no ens la portaran els homes com vostè... Salut...! *(Desapareix per l'escala.* VERGÉS *es queda abatut, sense veu ni gest. Pausa.)*

VERGÉS: Cecília! Escolti: una darrera paraula... *(Una pausa.)* Ha fugit com el vent...! Quines coses de fer! I semblava que em portés afecció. *(Una pausa. Anant-se'n, amb pas vacil·lant.)* Els forts s'ajunten i se'n van...

(Desapareix per la porta de l'escala, enmig de la fosca.)

Alcover, Molí de Batistó, 1907

PROPOSTES DE TREBALL

Propostes de treball*

1. En l'escena inicial d'*Aigües encantades*, Cecília hi apareix llegint i no s'especifica quina és la lectura que fa. En el muntatge de la temporada 2005-2006 al Teatre Nacional de Catalunya, dirigit per Ramon Simó, el personatge hi llegia un poema de Joan Maragall publicat el 1895 en el seu recull titulat *Poesies*. És aquest:

EXCELSIOR

Vigila, esperit, vigila,
no perdis mai el teu nord;
no et deixis dur a la tranquil·la
aigua mansa de cap port.

Gira, gira, els ulls enlaire,
no miris les platges roïns;
dóna el front an el gran aire,
sempre, sempre mar endins.

* Pots trobar altres propostes de treball sobre el llibre a *www.tnc.es/ca/arxius/programacio/05-06/guia_aigües.pdf* i a *www.tnc.es/ca/arxius/programacio/05-06/activitatscreditsintesi_aigües.pdf*.

Sempre amb les veles suspeses
del cel al mar transparent;
sempre entorn d'aigües esteses
que es moguin eternament.

Fuig-ne, de la terra immoble,
fuig dels horitzons mesquins;
sempre al mar, al gran mar noble,
sempre, sempre mar endins.

Fora terra, fora platja,
oblida't de tot regrés:
no s'acaba el teu viatge,
no s'acabarà mai més.

Llegeix també tu el poema (fes-ho en veu alta, que és una bona manera d'entendre millor la intenció de l'autor) i busca-hi els elements que permeten relacionar-lo amb el contingut de l'obra i que fan que sigui especialment atractiu per a un personatge com Cecília. Compara'l també amb aquest altre poema —aquest cop l'autor és el mateix Joan Puig i Ferreter—, publicat per Alexandre Plana a *Antologia de poetes catalans moderns* (1914):

Si llançant-me a la mar
me prenguessis onada.
¿me voldries portar
a una regió ignorada,
a on pogués morir
lluny d'ella dolçament?...
per a calmar el sofrir
del pobre cor dolent,
al mar me llançaria,
i a sobre de l'onada

joiós me n'aniria
vers la regió ignorada.

2. Continuant encara amb les comparacions entre Joan Puig i Ferreter i Joan Maragall, llegeix la carta que el poeta li envia el 15 de juny de 1908, precisament després d'haver llegit *Aigües encantades* (reproduïda en l'apartat de «Textos complementaris» d'aquesta edició). Comenta-la i valora fins a quin punt estàs d'acord amb els comentaris i suggeriments que s'hi fan. Tingues especialment en compte:

a) Els motius pels quals afirma que l'obra «se li ha difós un xic en el pas de la concepció a la formació».

b) La referència a la «falta d'elements de la realitat» i, per tant, la importància que Maragall concedeix a la realitat.

c) La manera com Maragall caracteritza quatre personatges bàsics: el Foraster, Cecília, Amat i Vergés. Per què et sembla que considera que Vergés és el més «ben reeixit»?

d) Els diferents arguments que el duen a la conclusió que l'obra és un «drama *manqué*». Pots enumerar-los?

e) L'elogi que fa del començament del segon acte. Si tens temps i ganes, mira d'investigar per què Maragall —precisament a propòsit d'aquest fragment de l'obra— relaciona l'autor amb les virtuts d'«un còmic shakespearià».

3. *Aigües encantades* planteja un doble conflicte. D'una banda el que s'estableix entre l'individu i la societat i de l'altra el que s'apunta entre grups socials diferents. Delimita els elements bàsics que caracteritzen cada un d'aquests dos conflictes i busca unes quantes citacions de l'obra que permetin exemplificar-los clarament i, per

tant, diferenciar-los. No t'oblidis, és clar, que l'obra planteja també una pugna generacional en la relació entre els pares i la filla. Et sembla que aquest és, de fet, un tercer conflicte? O potser no perquè ja l'havies tingut present en parlar dels altres dos?

4. En l'apartat de «Textos complementaris» també hi trobaràs uns fragments de la conferència titulada *L'art dramàtica i la vida*, que Joan Puig i Ferreter va pronunciar el 1908, el mateix any de l'estrena i la publicació d'*Aigües encantades*. Enumera de manera esquemàtica les set o vuit idees fonamentals que destacaries de la conferència —tingues-ne en compte també el títol— i després, una per una, vés-les relacionant amb *Aigües encantades*. La conclusió a la qual arribis ha de permetre veure fins a quin punt l'obra segueix a la pràctica els principis teòrics (o no els segueix, és clar). Per enriquir una mica més la reflexió, pots tenir presents també un parell més de textos. El primer és la carta que Joan Maragall adreça a l'escriptor el 5 de desembre de 1908 (reproduïda en l'apartat de «Textos complementaris»). L'hi envia just després d'haver llegit la versió escrita de la conferència. Valora-hi especialment, d'acord amb el context de l'època, el fet que el 1908 Maragall contraposi les idees de Puig i Ferreter a «l'actual corrent d'artifici». El segon text és la rèplica final que fa un personatge simbòlic anomenat La Veu Encoratjadora a *Diàlegs imaginaris* (1906), una altra obra de teatre de Joan Puig i Ferreter:

La Veu Encoratjadora: Oh poeta que cantes el sofridor de tots els mals! Davant de la teva obra no hi aniran lemes dolços del Petrarca. Has vist la bellesa aspra i salvatge del dolor; has sentit els batecs del cos brutal enfonsat a les tenebres lluitar per a eixir a la llum; has conegut el gran esperit que s'agita violent en l'ombra que produeix la injustícia de la vida! No tens dret a ser frívol: tu no faràs versos daurats, comèdies musicals ni articles de política de bonassàs. No, Poeta: no siguis traïdor als teus héroes ni et traeixis tu mateix a la recerca del profit o de la fama.

Ja que hi estàs posat, dóna també la teva opinió i, amb l'ajut d'un bon moderador, aprofita per debatre-la amb els teus companys. Quina és la funció bàsica que ha de fer el teatre? Divertir? Transmetre unes idees? Alliçonar? Transmetre idees és alliçonar? Et sembla que els escriptors que més coneixes o de qui més has sentit a parlar —i especialment els autors de teatre— van «a la recerca del profit o de la fama» abans que cap altra cosa? Fixa't que Puig i Ferreter associa les «comèdies musicals» a un teatre «frívol» i que, per tant, per a ell és poc interessant. Com veus aquesta valoració del teatre musical? Pots relacionar-ho també amb obres de teatre musical que es representen actualment i que hagis vist o coneguis (*Grease*, *Fama*, *El fantasma de l'òpera*, etc.).

5. Imagina't que has de dissenyar dues falques radiofòniques publicitàries per anunciar l'estrena d'*Aigües encantades*. Cada una ha de durar vint segons. La primera ha de difondre's en un programa juvenil i, per tant, ha d'anar adreçada a aquesta mena de públic. La segona és per a un públic de més edat. Amb l'ajut dels teus companys, redacta els textos i dissenya els guions de les dues falques (amb els efectes de so corresponents). Tingues en compte, és clar, el públic al qual van adreçades, però també quines són les idees bàsiques a ressaltar i quin eslògan es podria fer servir per promocionar l'espectacle. Compara-les després amb la que va utilitzar el Teatre Nacional de Catalunya en l'estrena de l'obra durant la temporada

2005-2006 (te la pots descarregar del *web* *www.tnc.es* si navegues una mica per l'apartat de «Servei educatiu»).

6. En l'apartat de «Comentaris de text» pots llegir-ne un en el qual es comparen els monòlegs de Vergés i del Foraster en la reunió del segon acte. A la vista de les interpretacions que se'n fan (i també de les teves opinions, és clar) pensa —si pot ser, amb ajut dels teus companys— com s'haurien de dir aquests dos textos en el moment de la representació de l'obra. Pots afegir-hi encara el de Mossèn Gregori en la mateixa escena. Tingues en compte la dicció, les pauses, els moments culminants de cada un dels tres discursos, les característiques de cada un dels personatges. Fixa't que només en un dels tres casos (el de Vergés) hi ha una acotació escènica de l'autor enmig del monòleg. Tingues-la ben present. Per què hi és? Una vegada hi hagis reflexionat —i ara sí amb l'ajut dels teus companys— munteu un càsting en què tres o quatre de vosaltres aspireu a fer algun dels tres personatges. Lògicament, per aconseguir el paper cal dir el monòleg corresponent. T'atreviries a aprendre-te'l de memòria, tal com fan els actors?

7. En l'apartat de «Comentaris de text» n'hi ha també un altre a propòsit de la conversa final entre Vergés i Cecília. Fes l'exercici de convertir en monòleg les paraules de Cecília d'aquest diàleg. Per fer-ho, tingues presents els recursos que has analitzat en la proposta de treball anterior i també la manera com l'autor elabora aquesta rèplica del primer acte en la qual, amb recursos propis del monòleg, Cecília contraposa la seva opinió a la d'Amat:

AMAT: I què significa fer tant la sàvia? I tants desprecis! Els que saben tenen de sentir amor pels ignorants.

CECÍLIA: No és això el que faig? Sinó que vosaltres no ho voleu entendre. Jo vull combatre la ignorància i tot lo que la fomenti, però sense orgull, sense fer la sàvia, com vós dieu. Som tota una creuada de joves; potser no tots tindrem el mateix coratge, però és la nostra obra, de tots... La ignorància és la font de tots els mals; el vostre fanatisme, la vostra misèria, tot és fill de la ignorància. I nosaltres, els joves, ens escamparem pels pobles... metges, mestres, farmacèutics... i la combatrem amb totes les nostres forces; sigui allà on sigui, la combatrem.

Fes una llista de tots els recursos d'aquesta rèplica que et sembla que són típics d'un monòleg. Són els mateixos recursos que després hauràs de tenir presents per fer l'exercici que es planteja en aquesta proposta de treball.

8. Una de les característiques més típiques de la literatura modernista és el joc permanent de contraposicions. Generalment la més clara és la que s'estableix entre l'individu i la societat, però n'hi ha moltes altres. Enumera les que detectes a *Aigües encantades* i fixa't en cada una d'elles a l'hora de buscar elements que permetin relacionar l'obra amb el modernisme. Pensa en els personatges, però també en el tractament de temes com ara l'amor, la localització de l'obra o la importància simbòlica de l'aigua estancada.

9. Segurament, un dels contrastos que has detectat en la proposta de treball anterior fa referència a la contraposició entre la zona alta (la del poble on es desenvolupa l'acció) i la zona baixa (d'on prové el Foraster i on estudia Cecília). Busca els moments de l'obra on hi ha referències

explícites sobre aquesta qüestió. La iconografia romàntica —i sovint també la modernista— acostuma a idealitzar la zona alta i no pas la baixa. Pensa, per exemple, en un clàssic del teatre català com *Terra baixa* d'Àngel Guimerà. Per què et sembla que l'autor d'*Aigües encantades* ho planteja al revés? Quan ho argumentis, tingues present la importància que en l'obra es concedeix a la natura (i sobretot la relació que hi manté el Foraster).

10. Després d'haver treballat la proposta anterior, llegeix el poema de Joan Puig i Ferreter «Del cingle al pla; del llop a l'home», publicat en l'apartat de «Textos complementaris» i que, en bona part, se centra també en el mateix tòpic de la zona alta i la baixa. T'obliga a variar l'argumentació que havies fet? La contradiu? La complementa? A propòsit d'aquest poema digues també:

a) Quins elements hi caracteritzen l'heroi modernista? Fixa't en la importància de les repeticions a l'hora de deixar clara aquesta caracterització.

b) Per què et sembla que les paraules *Natura*, *Vida* i *Terra* porten majúscula?

c) Hi ha algun vers irregular pel que fa a la mètrica? Quin? Podem considerar que és un vers coix? No serà que el poeta ho ha fet expressament? Amb quina intenció? T'adones que just després d'aquest vers hi ha l'única comparació explícita del poema? Et sembla que aquesta comparació és especialment important per entendre el poema?

d) Quina és l'estructura de la rima en cada estrofa? T'has fixat que en la mateixa estrofa on hi ha l'únic vers que no és decasíl·lab l'autor trenca una estructura de rima que fins llavors havia estat totalment regular? Aquesta dada et permet aprofundir l'argumentació anterior?

e) Per què totes les estrofes comencen igual menys l'última? On ha anat a parar el «Jo» inicial i redundant? Ves per on, és en aquesta mateixa estrofa on apareix un «ell» que també és especialment significatiu. Per què? T'has fixat que les tres paraules assenyalades en l'apartat b) d'aquesta proposta apareixen totes tres precisament en aquesta última estrofa? Aquest fet et permet deduir alguna cosa?

Com a suggeriment final, i per deixar-te un bon gust de boca, busca un poema de Joan Maragall titulat «Les muntanyes», en el qual reapareixen molts dels elements apuntats en el text de Puig i Ferreter. Fes un glop d'aigua —si és directament d'una font, millor— i llegeix-lo. Assaboriràs, tu també, «els secrets de la terra misteriosa» i segurament entendràs millor el «Jo» recurrent del poema de Puig i Ferreter, la seva idea de la «domada Natura»... i per què Puig i Ferreter no va fer fortuna com a poeta i Maragall sí. Per provar-ho no hi perds res.

11. Santiago Rusiñol va publicar el 1901 una obra de teatre titulada *Cigales i formigues* en la qual també hi ha un conflicte entre l'ésser conscient (en aquest altre cas representat per un ermità) i el poble massificat. En la trama hi torna a haver un problema de sequera i de recerca de l'aigua. Si tens l'oportunitat de llegir l'obra o de veure-la representada pots intentar de fer una comparació i assenyalar les similituds entre les dues obres, però també les diferències; que n'hi ha, i moltes. Si no, llegeix com a mínim aquest fragment en el qual l'ermità s'adreça als vilatans que han pujat fins a l'ermita a demanar la pluja:

L'ERMITÀ: Sí: pequeu sense dar-vos compte; pequeu de viure ensopits, de tenir adormida l'ànima. Desperteu-vos *(Tots s'agenollen.)* Desperteu-vos i demaneu amb el cor que la terra sia bressol de somnis de poesia; que l'art ens empari i ens il·lusioni la vida; que les cançons ens deixondin i que tinguem set d'amor, i que l'esperit ens guiï vers el camí de la glòria. Tingueu fe en la poesia, que ens darà calor a l'ànima, quan tinguem fred en els ossos; beneirà l'alegria i endolcirà la tristesa. *(Música.)* La poesia és la fe purificada, i tot ho alcançareu amb ella, que tots els miracles de l'home els ha fet la poesia. Cel de núvols, escolta an els que porten en l'ànima el desig de la bellesa. *(Es posa a ploure amb gran força.)* Amics meus! Ja ha arribat la tempesta tan desitjada!

Quines semblances i quines diferències hi ha entre el monòleg d'aquest ermità de *Cigales i formigues* i el del Foraster en el segon acte d'*Aigües encantades*? En principi, aquests dos textos haurien de permetre justificar que tant una obra com l'altra hagin estat considerades modernistes. Ho podries justificar? Per a l'argumentació tingues present també la concepció de la poesia que Puig i Ferreter posa de manifest en el fragment de la seva conferència *L'art dramàtica i la vida*, publicat en l'apartat de «Textos complementaris». Pots tenir en compte també l'anàlisi que has fet del poema «Del cingle al pla; del llop a l'home» en una de les propostes de treball anteriors.

12. S'ha parlat molt de les similituds entre *Aigües encantades* i l'obra de teatre *Un enemic del poble* de Henrick Ibsen. En l'obra del dramaturg noruec torna a haver-hi un conflicte entre l'individu heroic —en aquest cas un metge: el doctor Stockmann— que s'enfronta a una societat corrompuda per interessos diversos, amb un altre problema d'aigua per entremig. Si tens l'oportunitat de llegir l'obra o de veure-la representada no te n'estiguis pas,

perquè t'ajudarà a entendre molt millor les intencions de Joan Puig i Ferreter a l'hora d'escriure la seva. Si més no, fixa't en aquestes cinc citacions del doctor Stockmann [extretes de la versió de Jem Cabanes publicada a Henrik IBSEN / August STRINDBERG, *Teatre*, Barcelona, Edicions 62, 1985]:

Doncs jo dic que la majoria no té mai la raó al seu costat! És una d'aquelles mentides públiques contra les quals un home lliure, amb les idees clares, s'ha de revoltar. Qui configura la majoria dels habitants d'un país? La gent intel·ligent o els estúpids? Em penso que estarem d'acord que els estúpids són la immensa i espantosa majoria de cap a cap de la terra. Per tant, com dimoni podia estar mai a la raó que els estúpids dominessin sobre els intel·ligents! *(Xivarri i cridòria.)* Escridassar-me, rai, ja em podeu escridassar; ara, refutar-me, no. La majoria té el poder... per desgràcia; però la raó, sí que no. Jo la tinc, la raó, i uns pocs més, no gaires. La minoria sempre té raó.

No em parleu de veritats segures. Les veritats admeses ara per les masses i les multituds són veritats que tenien per segures la gent avançada del temps dels nostres avis. Nosaltres, els avançats que vivim en aquest món d'avui, ja no les admetem. I no puc creure que hi hagi cap veritat més segura que aquesta: cap societat no pot viure una vida saludable amb veritats tan velles i neulides.

Encara en sentireu parlar de l'enemic del poble, abans no s'haurà espolsat els peus! Jo no sóc pas tan benèvol com aquell, i en conseqüència tampoc no us dic: us perdono perquè no sabeu el que feu!

Sentència certíssima, la del nostre prohom! Un partit és com una trinxadora... capola tots els cervells fins a fer-ne una pasta; per això tots plegats no són res més que trinxadures i farinetes de cervells. [...] Que els programes dels partits no fan sinó escanyar les veritats novelles i plenes de vida... que l'oportunisme capgira la moral i la justícia, de manera que, al final, viure és un fàstic. No us sembla, capità Horster, que hauria d'aconseguir que la gent ho entengués, això?

El cas és, sabeu?, que l'home més fort del món és el que està més sol.

Quina valoració fas d'aquestes cinc citacions? Analitza-les una per una. Et sembla que el dramaturg català estaria d'acord amb les idees d'Ibsen? A *Aigües encantades* les formula de la mateixa manera? Respecte a la tercera citació, compara la frase d'«aquell» a qui fa referència amb aquesta altra del filòsof Vladimir Jankélévitch («Pare, no els perdonis, que saben què fan»). Tingues present també que la darrera citació d'Ibsen és la que tanca l'obra *Un enemic del poble*. Compara-la amb la frase final d'*Aigües encantades*, posada en boca de Vergés.

La reflexió sobre les cinc citacions també es pot dur, és clar, més enllà de la literatura. Et sembla que, avui dia, els arguments d'Ibsen encara són defensables? Si vols donar més joc a l'anàlisi —que les coses sempre són més complexes del que sembla— llegeix també aquesta altra citació del doctor Stockmann —ara adreçada a la seva esposa— sobre qui porta els pantalons i qui els cus:

Mai no s'han de dur els pantalons bons quan se surt a fora a lluitar per la llibertat i la veritat. Els pantalons, rai, no m'amoïnen pas gaire, prou que ho saps. Tu sempre me'ls sargiràs. Ara, que la xurma, que la massa, em plantin cara com si fossin els meus iguals... rellamp!, això sí que no puc aguantar-ho.

13. L'obra *Aigües encantades* es desenvolupa en dos espais escènics diferents: una sala espaiosa a casa de Pere Amat i el pati de casa del pastor Romanill. Els dos espais

estan descrits en les acotacions inicials del primer i del segon acte, respectivament. Llegeix detingudament aquestes acotacions i analitza-les tot comparant-les. Fixa't en la mena d'informació que donen i com s'estructuren en tots dos casos. Fins a quin punt et sembla que és una informació útil per al director a l'hora de preparar el muntatge? Per cert: què deuen ser els «tanys luxuriants d'una figuera borda» que broten en l'escena del segon acte? Una vegada ho hagis contestat, redacta dues noves acotacions en les quals quedin reflectits els arguments que has exposat i els suggeriments que has fet.

14. En la proposta de treball anterior has hagut de parlar de com es presenten els personatges de Cecília i Romanill al començament del primer i del segon acte, respectivament. Busca altres acotacions en les quals l'autor ho aprofita per caracteritzar els personatges en el moment que els fa entrar en escena per primer cop. Fixa't especialment —a més dels dos ja esmentats— en els casos de Vergés, Juliana, Pere Amat, Mossèn Gregori, Bartomeu, Manso, el senyor Vicenç i el Foraster. A quina pàgina has localitzat les corresponents acotacions? Quina mena de caracteritzacions s'hi fan? Tot el que es diu és útil per imaginar-nos cada personatge? Hi afegiries coses? En modificaries d'altres? En aquest sentit, valora especialment la intenció de l'autor en la presentació de Vergés i la manera com es descriuen els ulls i els cabells del Foraster. Fixa't, per exemple, que porta barba, però no bigoti. I com que —ja ho deia Josep Pla— la literatura és pura xafarderia, compara-ho amb una de les moltes fotografies que es conserven del Joan Puig i Ferreter dels seus anys de joventut. És la que trobaràs a la secció de fotografies de *www.kalipedia.com*. Cap comentari?

15. Per completar la feina de la proposta anterior, mira les fotografies del muntage que es va fer de l'obra durant la temporada 2005-2006 al Teatre Nacional de Catalunya (les trobaràs fàcilment navegant per l'apartat de «Servei educatiu» del web del teatre [*www.tnc.es*]). Compara les fotografies dels personatges amb la caracterització de l'autor i l'anàlisi que n'has fet. Fixa't especialment en el cartell promocional del muntatge i fes una anàlisi de la imatge. Per què creus que s'ha escollit precisament aquesta imatge de Cecília com a emblema de l'obra? Com entens la seva actitud en la fotografia? I el fet que vagi despentinada i una mica enfangada? Què representa aquest fang? Per a la reflexió tingues en compte aquestes paraules de Ramon Simó, el director del muntage, publicades en el programa de mà: «Cecília estudia magisteri a ciutat, es relaciona amb gent d'ambients progressistes, és llesta, ambiciosa, vol ser lliure... i és dona: ho té tot per esdevenir un símbol». Encara més. Et sembla que s'hauria pogut fer un cartell promocional amb la imatge del Foraster? Explica una mica com te l'imagines. Si hi tens traça, fins i tot pots fer-ne un esbós gràfic. Imagina't com podria ser, en aquest cas, la frase d'un hipotètic director que hagués optat per aquest altre cartell: «El Foraster és... : ho té tot per esdevenir un símbol». Completa la frase i justifica'n el contingut. Quina de les dues opcions t'agrada més? Per què?

16. A l'hora d'analitzar la narrativa o el teatre, els estudis literaris acostumen a distingir entre personatges «plans» (els que no evolucionen al llarg de l'obra) i «rodons» (els que sí que ho fan). Aquesta delimitació, si no vigilem, pot dur facilment a l'error de creure que els personatges «rodons» són els que donen complexitat a l'o-

bra, mentre que els «plans» tendeixen a la simplificació. Sortosament en la literatura —com en la vida— les coses no són sempre tan senzilles i no tot es pot reduir a un esquema. Quins et sembla que són els personatges «plans» i els personatges «rodons» al llarg de l'obra? Coincideixen amb els protagonistes? Quins són els que donen complexitat a l'obra? Quan hi pensis, fixa't en la importància que Puig i Ferreter concedeix a un tema com el de la presa de consciència. On has situat personatges com Juliana o Mossèn Gregori? I Vergés? (Tingues present, en aquest últim cas, el que en diu Maragall en la carta de 15 de juny de 1908 reproduïda en l'apartat de «Textos complementaris».) Et sembla que Cecília és un personatge que evoluciona al llarg de l'obra pel que fa a la seva manera de pensar? T'has adonat que el Foraster és l'únic personatge de l'obra que no té nom? Et sembla que és una casualitat?

17. El teatre modernista utilitza molt sovint el recurs de les campanes que se senten sonar en escena. A vegades hi és usat com a element suggeridor o fins i tot simbòlic. Altres cops fan una funció més estructural, a l'hora de marcar la progressió de l'acció en alguna escena. També podrien tenir, és clar, un paper simplement decoratiu. A *Aigües encantades* les campanes se senten sonar unes quantes vegades. Busca quins són aquests moments i intenta deduir la importància que tenen en l'obra (si és que et sembla que en tenen).

Comentaris de text

Aquesta secció inclou dos exercicis de comentari de text a partir de dues de les tipologies bàsiques del llenguatge teatral: el monòleg i el diàleg.

1. El monòleg. Anàlisi comparativa dels monòlegs de Vergés i del Foraster en el segon acte.

VERGÉS: Veieu aquest desconegut que us ve a parlar? És un enginyer, que al seu saber, hi ajunta la molta experiència dels seus viatges per França, Alemanya, el Nord d'Europa... (*Silenci general. Expectació gran. Amb veu més forta, i gest més desinvolt*): Viatjant ha vist molt de dolor fill de la misèria, i la misèria filla molt sovint del poc enginy o poc esforç de l'home en aprofitar les forces que li brinda la Naturalesa. Ha vist que els països que s'han sabut llibertar d'inútils preocupacions per donar-se amb ardenta fe al treball, la riquesa i l'alegria hi abundaven, realçant la vida. Aleshores s'ha recordat de la misèria que assota aquestes terres i el seu cor s'ha omplert de pena per vosaltres. Ha pensat en la secada que tants anys se us emporta la collita, i el seu saber i la seva experiència li han donat una confiança que vosaltres no podíeu ni pressentir. La Naturalesa, aquesta mare que a voltes sembla que ens tracti amb desamor, té els seus secrets, que només els homes escollits descobreixen en profit dels altres. Ell ha descobert el secret d'unes aigües subterrànies al peu d'aquestes muntanyes. Feia temps que rodava per aquestes terres estudiant i observant silenciosament. Per fi, l'èxit ha coronat els seus esforços i us ve a oferir pròdigament la seva obra. Escolteu bé lo que us dirà: lo que vosaltres creieu que eren aigües encantades, mortes al fons dels gorgs, són aigües vives que a la vostra voluntat baixaran a regar de nova vida els vostres camps. Crec que el poble se l'ha d'escoltar amb atenció i no deixar perdre estèrilment la seva idea, aquesta idea que posada a la pràctica pels vostres braços, us portarà, oh!, habitants d'aquest poble...! la riquesa, el benestar i la llibertat!

[...]

FORASTER: Escolteu, tingueu paciència. No em feu la contra abans de parlar. Procuraré ser ben clar. Jo coneixia el vostre país i les vostres necessitats, sabia que molts anys la secada us feia perdre les collites. Però la secada, que per vosaltres és un càstig de Déu, una venjança del cel... obeeix a causes naturals i sols per medis naturals heu de buscar el remei. Aquí teniu una creença, una llegenda religiosa que pesa sobre vosaltres com una llosa de sepulcre. No vinc jo a criticar la vostra manera de veure i de sentir les coses, sinó a obrir-vos els ulls a la realitat... Aquesta fe cega en el miracle de les aigües, us priva de veure-la com jo, la realitat... [...] Els meus pares eren uns rics propietaris de mines i jo vaig passar moltes hores de la meva infantesa en les entranyes de la terra. El goig millor per mi, més que tots els jocs d'infant, era la voluptuositat dels misteris que ella em revelava. De jovenet, al mateix temps que em dedicava a l'estudi i al treball de la intel·ligència, el meu pare em va ensenyar a descobrir els secrets de la naturalesa. No hi ha res més hermós al món que les relacions de l'home amb la natura. La terra és per l'home, com l'home és per la terra, i tots els somnis d'una altra vida, jo els maleeixo si m'han d'allunyar d'ella. Ella es dóna com una enamorada a l'home que la sap comprendre i estimar i obre als seus ulls, les seves entranyes pròdigues de preciosos metalls i d'aigües tan riques com els metalls. Amb amor i treball, amics, la terra se'ns fa nostra, i per això, aquí com en altres parts, m'ha mostrat els seus secrets, que són la riquesa de l'home. Aquella aigua dels gorgs, com se pot creure de cop, no neix de les filtracions de la serra de Rocalba. La serra és erma, de roca viva, on no hi arrelen més que magres herbes... i ademés no hi plou, com vosaltres sabeu. I no obstant, a baix, al peu, teniu aquestes hermoses aigües, aigües vives i abundants, que se renoven constantment...

La primera cosa a tenir present a l'hora del comentari és que els dos monòlegs són complementaris i, per tant, cal analitzar-los no només individualment sinó a partir de la relació que s'estableix entre tots dos. Vergés exerceix de presentador en l'acte organitzat al pati del pastor Romanill, que és on el Foraster ha d'exposar els seus plans de reutilització de les aigües dels gorgs. El seu monòleg fa bàsicament aquesta funció de presentació. Després les paraules del Foraster hauran de servir bàsicament per explicar el seu projecte. Tant en un cas com en l'altre, però, l'autor aprofita per caracteritzar els dos personatges mitjançant el llenguatge que utilitzen. No tot queda reduït a les idees que exposen tots dos, sinó que també és bàsica la manera com les exposen. I no és una simple qüestió de forma i contingut, perquè en la literatura aquests dos conceptes sempre són indestriables i responen —tots dos— a les intencions de l'autor.

Així doncs, Vergés explica a l'auditori qui és el Foraster i què ha vingut a fer. És una presentació més aviat descriptiva gràcies a la qual sabem que és un enginyer, els llocs per on ha viatjat, el seu interès per descobrir els secrets de la natura i posar-los al servei del progrés social, la feina que ha estat fent darrerament i les línies bàsiques de la proposta que vol dur a terme. Vergés, com sabem, és el mestre del poble. És una persona conscient, però incapaç d'emprendre accions i de canalitzar adequadament la voluntat a causa de les vacil·lacions permanents. El seu monòleg també posa de manifest aquesta caracterització. No és estrany, per exemple, que l'autor es valgui d'una acotació —no n'hi ha cap més ni en un monòleg ni en l'altre— en la qual, d'alguna manera, es mostra aquest caràcter vacil·lant: la veu de Vergés esdevé «més forta» i el seu gest «més desinvolt» no pas per propi convenciment, sinó com a conseqüència d'una expectació que ell mateix no semblava pas convençut de poder crear. Ell n'és el primer sorprès, de fet. Segurament aquestes mateixes vacil·lacions són les que fan que arribi tard a la cita —«el mestre ens ha abandonat» afirma el Foraster poc abans, quan veu que no arriba—, que entri mig d'amagat darrere de les autoritats i que es comporti tímidament. La seva és, doncs, una hipotètica convicció, l'expressió de la qual queda condicionada a les circumstàncies i, que per tant, és tan vacil·lant com el mateix personatge. Així mateix cal tenir present que els recursos retòrics de Vergés en el seu parlament són del tot convencionals (com ho és el personatge, de fet). No és un discurs ni abrandat, ni heroic, ni suggeridor, sinó perfectament pensat i estructurat per dur fins a unes exclamacions finals que responen més a la retòrica de la circumstància que no pas a una exaltació fruit de les creences personals. Abans d'aquestes exclamacions finals podem observar com es passa de l'ús distanciat de la tercera persona (que denota més afany d'objectivitat) a una única primera persona («crec»), que apareix just abans de les exclamacions. Són els recursos convencionals de la retòrica racional. El coneixement racional transmet idees, però no és el que comunica l'autèntic missatge, el qual —això creuen els modernistes, si més no— ha de quedar lligat també a la suggestió subjectiva. Vergés no és l'escollit per transmetre aquest altre missatge. Torna a ser significatiu, per exemple, que en el text no hi hagi punts suspensius, un dels recursos típics —i més durant el modernisme— a l'hora de mostrar la impressió d'allò que no es diu. Els únics punts suspensius del parlament responen més a una pausa convencional que no a la retòrica de la suggestió.

Tot i això, cal destacar un parell d'aspectes importants, que Puig i Ferreter col·loca en boca de Vergés, els quals segurament van més enllà de les limitacions de la consciència del seu personatge, però no pas de les seves intencions com a autor. El primer prové de l'enumeració dels països en els quals el Foraster ha adquirit l'experiència que té: França, Alemanya i el nord d'Europa, per aquest ordre. No és cap casualitat, òbviament. L'heroi modernista coneix de primera mà la modernitat europea i no pas una qualsevol, sinó la que ens duu cada cop més al nord, cap a les terres d'Ibsen (el gran dramaturg noruec en el qual Puig i Ferreter s'emmiralla), passant per Alemanya (el país de Wagner) i França (la meca de la modernitat de l'època i destí idealitzat pel mateix Puig i Ferreter, tal com posa de manifest el 1934 a *Camins de França,* la seva novel·la autobiogràfica).

El segon aspecte és més subtil. Vergés remarca que el Foraster és «enginyer» i de seguida relaciona la professió amb un component etimològic bàsic: l'«enginy». En efecte, un enginyer és, per definició, una persona que treballa amb l'enginy. En el context de l'època, però, aquesta assimilació té una lectura complementària molt clara. El 1906, poc abans de la publicació de l'obra —i encara més del moment de la redacció—, Eugeni d'Ors havia iniciat el seu famós «Glosari» al diari *La Veu de Catalunya*, a través del qual anava formulant l'ideari del Noucentisme. La glosa del 31 de maig d'aquell any es titulava precisament «Els enginyers» i Ors hi feia l'apologia, des de l'òptica noucentista, de l'intel·lectual que treballa amb l'enginy al servei de la col·lectivitat i prescindint d'heroïcitats i genialitats. I, a més, just el dia anterior (30-V-1906) havia posat de manifest les seves reticències envers la figura d'Ibsen, precisament, en una glosa titulada «L'esguard escrutador d'Enric Ibsen», en la qual, entre altres coses, afirma que «hi ha a vegades més revelació en un sol epítet d'Horaci que en tot un drama d'Ibsen». Vergés, sense ni saber-ho, està servint de corretja de transmissió de la rèplica de Puig i Ferreter a Eugeni d'Ors. I és que per a l'autor d'*Aigües encantades*, és clar, l'enginy de l'intel·lectual-enginyer no és altra cosa que una mostra de la genialitat heroica d'un individu que no viu sotmès a les ordres de ningú.

El monòleg del Foraster ofereix el contrapunt a algunes de les idees expressades a propòsit del de Vergés. Ara sí que s'hi posa de manifest la comunicació directa amb l'oient i la importància de la primera persona, ja des del primer moment. D'entrada vol deixar ben clar que les explicacions religioses basades en creences tradicionals no són les que permeten conèixer la realitat i transformar-la. Els remeis s'han de buscar «per medis naturals». Aquest havia estat, ja des de final del segle XIX, el plantejament del naturalisme i del positivisme: la defensa del coneixement científic per damunt de la creença i les explicacions religioses basades en la fe. Ell és un enginyer, certament, i per tant té un coneixement científic del món («em dedicava a l'estudi i al treball de la intel·ligència»). Fins i tot parla explícitament de l'herència rebuda per part dels pares (un altre dels trets característics del positivisme i del naturalisme). Però amb això no n'hi ha prou. L'explicació racional del Foraster sobre els seus antecedents i projectes es complementa també amb una altra comunicació més intuïtiva, emotiva i suggeridora. «Procuraré ser ben clar», diu, però alguna de les seves expressions s'escapen de la claredat objectiva per endinsar-se en uns altres territoris més subjectius. Ara sí que els punts suspensiu són recurrents i fan aquesta funció. També n'és un bon indici l'apassionament amb què explica els seus records infantils o el tipus d'expressions de què es val per referir-se a la seva relació amb la natura: «la voluptuositat dels misteris que ella em revelava», per exemple, o el fet d'haver passat «moltes hores de la meva infantesa en les entranyes de la terra». I és que la intel·ligència no té raó de ser sense la intuïció. El Foraster s'adreça als vilatans per «obrir-los els ulls a la realitat», però la realitat i la natura de què els parla no responen estrictament als paràmetres del naturalisme i del positivisme. Aquests elements —que en el fons són vuitcentistes i, per tant, antics— queden superats pel component vitalista i el coneixement emotiu i intuïtiu, cosa que converteix el personatge en un escollit, en un típic heroi modernista (i per tant modern). Ell és qui veu allò que els altres no saben veure perquè té un coneixement profund de la realitat, forjat en contacte directe amb la natura, i pot treure l'autèntic profit de les coses.

El Foraster és un ésser diferent dels altres, que ve d'un altre lloc —i és de casa bona, un aspecte que tampoc no passa desapercebut—, el qual està disposat a posar el seu coneixement profund de les coses al servei de la col·lectivitat i a sacrificar-se per ella, si convé, amb esperit messiànic. Vol trencar amb la llegenda religiosa, però en el fons n'està forjant la seva pròpia, de llegenda, que vol ser nova i moderna. Per això al final se serveix fins i tot del mateix llenguatge al·legòric sobre el qual està muntada la creença religiosa, però des d'un rerefons ideològic en el qual les coses immòbils adquireixen moviment i, per tant, l'ideari conservador esdevé progressista i renovador. Així les «aigües encantades» passen a ser «hermoses aigües, aigües vives i abundants, que se renoven constantment...». És significatiu que la gradació retòrica del monòleg acabi amb aquest referent al·legòric (amb punts suspensius inclosos).

2. El diàleg. La conversa final entre Cecília i Vergés*

VERGÉS: On va Cecília?
CECÍLIA: A mudar-me per prendre el cotxe d'aquesta nit.
VERGÉS: Què diu?
CECÍLIA: L'àliga deixa el galliner, per sempre...
VERGÉS *(estupefacte)*: Però, se'n va... de veres...? Ara de seguida...? Així... sense meditar-ho... sense fer-se vostè mateixa la pro i la contra...?
CECÍLIA: Així! Faré viatge amb ell!
VERGÉS: I a on va... no es pot saber?
CECÍLIA: Amb el meu amic.
VERGÉS: Però, qui és un amic...? No és prudent...

* Pots llegir un altre comentari d'aquest mateix text a Magí SUNYER, «Joan Puig i Ferreter, *Aigües encantades*: comentari del diàleg final», dins DIVERSOS AUTORS, *Comentaris de literatura catalana de COU 1988-1989*, Barcelona, Columna, 1988, p. 25-36. Reproduït a Magí SUNYER, *Modernistes i contemporanis. Estudis de literatura*, Reus, Edicions del Centre de Lectura, 2004, p. 99-108.

CECÍLIA: Bah...! Si em vol jo aniré amb ell a l'altra part de món. És un home fort i només ell ha desvetllat els meus sentiments de dona...

VERGÉS: I els seus devers de filla...? Els seus pares...?

CECÍLIA: Fujo d'un càstig terribe... el meu pare...

VERGÉS: Però no li diu res la seva consciència?

CECÍLIA: Sí... que vagi a encolcir les ferides del meu amic.

VERGÉS *(amb amor i tendresa)*: I la seva obra d'aquí dalt, doncs?

CECÍLIA: La meva obra, abans que tot, és la meva vida! *(Se'n va decidida per la porta del fons.)*

VERGÉS *(per si)*: Oh...! Qui sap com pararà la seva vida...!

(VERGÉS se passeja estúpidament per la sala. Una gran pausa. Al temps necessari, surt CECÍLIA, *mudada, amb barret i un saquet de viatge a la mà.)*

CECÍLIA *(en sortir)*: I vostè, Vergés, faci un esforç! Vostè a qui els grans ideals li fan rodar el cap, faci l'obra que jo no puc fer... Amb paciència, amb constància, cada dia, cada instant, amb els petits faci l'obra del mestre de l'avenir...

VERGÉS *(vacil·lant)*: Ho provaré... sí. Escolti: per lluny que vostè sigui, per temps que passi, vostè tindrà un bon record de mi si faig això...? Guanyaré molt al concepte de vostè...?

CECÍLIA: Sí, molt... molt!

VERGÉS: Doncs ho faré, li juro!

CECÍLIA: Gràcies. Però escolti: ho fa per mi... o per la fe en la seva obra?

VERGÉS: És igual. Els que no som forts, els que no sentim un gran ideal dins de nosaltres... potser necessitem que una dona ens assenyali el camí...

CECÍLIA: Vostè no farà res...

VERGÉS: És estrany! Me dóna ales i després vostè mateixa té el poder de descoratjar-me... per què això...? És inexplicable... però sento que sense la presència de vostè...

CECÍLIA: Ja ho sé... no faci res i serà millor. Deixi l'obra verge per a un altre... I ara decididament... Adéu... *(Li dóna la mà i somriu)*: Vostè quedi's entre les aigües encantades...

VERGÉS: *(tornant-se, de sobte, agressiu)*: Me quedo entre les aigües encantades, és cert... però vostè se'n va cap a unes aigües sorolloses i tèrboles... i tan estèrils com les nostres...!

CECÍLIA *(triomfalment)*: Me deixo arrossegar per la corrent!

VERGÉS: I jo em deixo adormir en la quietud. No hi fa res. Anem per diferents camins, Cecília, però em sembla que ens trobarem...

CECÍLIA: Què vol dir?

VERGÉS: Ens trobarem més tard, sense que l'un ni l'altre haguem fet res de profit!

CECÍLIA: Ho ho sé...! Ell i jo podem anar errats... però portem una il·lusió, una fe. Lo que sento, i en tinc la convicció, és que si alguna cosa de gran hi ha en els temps futurs, no ens la portaran els homes com vostè... Salut! *(Desapareix per l'escala.* VERGÉS *es queda abatut, sense veu ni gest. Pausa.)*

VERGÉS: Cecília! Escolti: una darrera paraula... (*Una pausa.*) Ha fugit com el vent...! Quines coses de fer! I semblava que em portés afecció. *(Una pausa. Anant-se'n, amb pas vacil·lant)*: Els forts s'ajunten i se'n van...

L'escena final d'*Aigües encantades* de Joan Puig i Ferreter és aquest diàleg entre Vergés, el mestre del poble, i Cecília, la filla del cacic local, la qual s'ha revoltat contra l'autoritat del seu pare i finalment decideix marxar amb el Foraster. L'obra s'acaba, doncs, amb una segona fugida. Al final del segon acte havia estat el Foraster qui havia hagut de marxar per cames, en una acció que recorda força el desenllaç d'*Un enemic del poble* de Henrick Ibsen. Ara és Cecília qui se'n va, en un final que torna a recordar molt i molt el desenllaç de *Casa de nines*, també d'Ibsen, quan Nora, la protagonista, abandona la família per desavinences amb l'autoritarisme del marit. Queda clar, doncs, que Ibsen és el principal model de Joan Puig i Ferreter.

Si atenem a l'estructura de l'obra, aquest diàleg entre Vergés i Cecília és també la culminació d'un procés.

Aigües encantades comença, precisament, amb un altre diàleg entre aquests dos mateixos personatges, en el qual es plantegen una sèrie de temes que ara, un cop desenvolupada la trama de l'obra, s'acaben resolent. En aquest sentit, l'autor no només conclou l'acció, sinó que també tanca la manera com aquesta acció es formalitza teatralment. I no és estrany que al llarg dels tres actes no n'hi hagi cap més, de diàleg entre aquests dos mateixos personatges. Així aquest component estructural guanya més força.

El contingut del diàleg té una intenció fonamentalment didàctica. L'autor vol deixar clar per què Cecília pren la decisió que pren i quina lliçó cal extreure'n. Altres vegades al llarg de l'obra aquest component didàctic —que hi és present molt sovint— s'explicita a través dels monòlegs, un recurs molt característic. Ara, en canvi, ho fa a través del diàleg, cosa que exigeix l'ús d'uns determinats recursos estilístics. Així, per exemple, s'eviten les rèpliques llargues, que ens acostarien a la tècnica retòrica del monòleg, i se substitueixen per intervencions breus i dinàmiques. Això facilita que l'element didàctic es concreti a través de la sentència (una expressió breu que transmet una veritat genèrica amb rerefons alliçonador). «La meva obra és la meva vida», diu Cecília just abans d'abandonar l'escena per anar-se a canviar (fer mutis just després de pronunciar una expressió d'aquest tipus encara fa que guanyi més rellevància, és clar). O quan Vergés es mostra convençut que «els que no som forts, els que no sentim un gran ideal dins de nosaltres... potser necessitem que una dona ens assenyali el camí...». Aquest to proverbial és més significatiu encara si tenim en compte que som a l'acabament de l'obra i, per tant, les sentències adquireixen també caràcter de conclusió, de moralitat final. Sense anar més lluny, l'obra s'acaba, de fet, amb una sentència posada en boca de Vergés, segurament la més significativa de totes: «els forts s'ajunten i se'n van».

Un altre recurs amb finalitats semblants és la metàfora breu o l'apunt al·legòric: «L'àliga deixa el galliner per sempre...», diu Cecília per expressar metafòricament la seva situació. Un altre exemple el tenim més endavant en la contraposició entre les «aigües encantades» i les «aigües sorolloses i tèrboles». Amb poques paraules se sintetitza perfectament el contingut i d'aquesta manera el diàleg guanya en vivesa. Les exclamacions o els punts suspensius —que ja hem vist en el comentari anterior que són un recurs ben característic— també hi ajuden. I és evident que l'autor se'n serveix a bastament.

El component didàctic també es posa de manifest d'altres maneres, al marge dels recursos estilístics propis del diàleg. I no només perquè la missió de Cecília queda ben clara (cal estar al costat de la gent que pot aportar alguna cosa gran amb vista al futur), sinó perquè ella mateixa explicita quina és la missió que ha de dur a terme el seu interlocutor: «Amb paciència, amb constància, cada dia, cada instant, amb els petits faci l'obra del mestre de l'avenir...». És clar que tot seguit ella mateixa posa en dubte que Vergés sigui capaç de dur-la a terme, aquesta missió, però per a l'espectador ja ha quedat perfectament formulada.

El fragment també admet una lectura des de l'òptica de la filosofia vitalista, tan característica del modernisme (d'un cert modernisme, si més no). Tant Cecília com Vergés són dos personatges conscients —«però no li diu res la seva consciència?», diu Vergés en un moment determinat— i, per tant, preparats per iniciar un procés d'individualització. En el cas de Cecília aquest procés va avançant i de la consciència es passa per la voluntat i s'arriba fins a l'acció (una acció que s'acaba de concretar precisament en la fugida final). D'aquesta manera culminaria aquest procés d'individualització tan típic del vitalisme modernista. D'aquí que la sentència anteriorment esmentada prengui especial relleu: «La meva obra, abans que tot, és la meva vida». Podem relacionar-ho, fins i tot —salvant les distàncies—, amb el desenllaç de *Solitud* de Víctor Català, quan la Mila abandona tota sola l'ermita.

En el cas de Vergés, la culminació no és possible perquè el caràcter vacil·lant del personatge —que és allò que realment el caracteritza— no li permet prendre les decisions que comportaria el pas de la consciència a la voluntat. I així, no cal dir-ho, l'acció vital és impossible. Per això en una de les acotacions finals s'indica explícitament que Vergés «queda abatut, sense veu ni gest»: sense voluntat ni acció, en definitiva. Així, Cecília se'ns presenta com una persona decidida i amb les idees clares, cosa que il·lustra perfectament els seus moviments en escena: la rapidesa amb què es muda i agafa les coses per al viatge o el fet que al final se'n vagi i deixi Vergés literalment amb la paraula a la boca: «Escolti: una darrera paraula... *(Una pausa.)* Ha fugit com el vent...!». En canvi, per al mestre tot són vacil·lacions i dubtes, cosa que es posa de manifest tant en el contingut de les seves paraules com en el to emprat (les seves vuit primeres rèpliques són totes interrogatives), com en les indicacions del dramaturg: la seva reacció és «vacil·lant» just quan Cecília li fa comunicar la missió que té encomanada com a mestre i, al final mateix, marxa d'escena també «amb pas vacil·lant». Fins i tot els moviments ràpids i decidits de la interlocutora contrasten amb la manera com Vergés es belluga per l'escenari («se passeja estúpidament», diu l'autor en una altra acotació). Veiem, doncs, com el diàleg ràpid facilita els moviments escènics i aquests moviments serveixen també per caracteritzar els personatges.

Les indecisions de Vergés introdueixen un tema complementari del qual també cal fer esment: l'amor. El mestre està enamorat de la noia, és clar, però en cap moment no s'atreveix a verbalitzar els seus sentiments. Ella és prou intel·ligent per adonar-se'n, però tampoc no acaba d'explicitar mai el tema. O, de fet, el que fa és plantejar-lo en uns altres termes: «només ell ha desvetllat els meus sentiments de dona», diu en referir-se al Foraster. Aquí sí que, encara que no ho sembli, hi ha un punt de similitud entre els dos interlocutors: tots dos relacionen l'amor amb la recerca de l'ideal (els seus amors en el fons són platònics, tant en un cas com en l'altre) i tots dos, a més, constaten que allò que els atreu és la fortalesa d'esperit de les persones sobre les quals recau la seva estimació. I és que, per a Puig i Ferreter, el tema amorós és un altre pretext per explicar la filosofia vitalista de l'obra: només els més forts són dignes de ser estimats.

Textos complementaris

1. Dues cartes de Joan Maragall a Joan Puig i Ferreter

Sr. Joan Puig i Ferreter.

Estimat amic: Acabo de llegir *Aigües encantades*, i m'ha semblat endevinar-hi el gran drama que vostè ha vist mentalment, i que, per falta d'elements de realitat, se li ha difós un xic en el pas de la concepció a la formació. En aquesta li ha resultat un desequilibri entre l'element simpàtic i l'antipàtic. El foraster resulta un ésser esfumat; Cecília és més forta, però li manca grandesa. En canvi l'Amat, que és el nucli de l'element contraposat, resulta carregat i propendeix a la caricatura. D'això n'esdevé un malestar sobre tot el drama. L'únic personatge que em sembla ben reeixit és en Vergés: aquest sí que sembla portat de la realitat. Lo mateix que els episòdics companys de Romanill. La presentació d'aquestos, és a dir, tota la primera meitat del segon acte, la trobo magistral: quasi diria d'un còmic skakespearià. L'escena del *meeting*, d'un diàleg massa trencat, no té baf de realitat; en canvi, la pluja sobrevenint i determinant la fúria del final me sembla una gran troballa, un cop teatral de mestre; però, a seguit de la seva fortalesa, el tercer acte apareix feble, allargassat fins al breu diàleg final entre Vergés i Cecília, que resum[1] perfectament el sentit de l'obra... en el llibre, però que en el teatre deu fer poc efecte. En resum, un gran drama *manqué*, però revelant encara la bellesa de sa concepció per la formosura d'alguns de sos membres desconjuntats.

Veliaquí[2] la meva sincera opinió; és la d'un lector. Li[3] dono, com sempre, amb tota franquesa, perquè ja sé que vostè no se'n prendrà més ni menys de lo que li calga. I vostè ja sap que la meva intenció és d'amic, que sempre li agrairà l'atenció que vostè li dispensa.

s. afm.

J. MARAGALL

15 juny 1908

Estimat Puig: Grans mercès de l'exemplar de la seva conferència. És una bellíssima oració perquè és una expansió de plenitud. És un xic caòtica —i mal aniria que no ho fos— perquè vostè és jove; però té virtut de creació. És radiant de noblesa i de puresa. Hi ha pocs joves que pugan[4] parlar amb l'accent amb què vostè parla, que comunica al qui llegeix una força enlairadora, i és perquè vostè és, ans que tot, un poeta que sent la missió de la poesia entre els homes: sent la poesia com religió; cosa rara, preciosa en l'actual corrent d'artifici. Oh!, com convé que vostè en sia l'apòstol, d'aquesta religió, enmig de la

1. «Resum». En el sentit de «resumeix».
2. «Veliaquí». Variant de «vet aquí».
3. «Li». En el sentit de «la hi».
4. «Pugan». En el sentit de «puguin».

desorientació del nostre jovent! I cregui que el seu apostolat serà fecond,[5] si no entre els joves ja fets, entre els que es fan i es comencen a escoltar. Ja preveig una joventut pura seguint els camins que vostè assenyala; i això me dóna una gran alegria. I és per mi un gran honor, i, més que honor, una gloria, que vostè m'hagi anomenat en predicació semblanta.

Estic molt content de trobar-me al seu costat en el camí d'altura. Avant, amic, en nom de la Santa Poesia!

L'abraça de cor

J. MARAGALL
[rubricat]

5 desembre 1908

[Cartes reproduïdes —en edició amb ortografia normativitzada— de Narcís GAROLERA, «De Joan Maragall a Joan Puig i Ferreter. Vuit cartes inèdites», dins DIVERSOS AUTORS, *Estudis de llengua i literatura catalanes / XLII. Miscel·lània Giuseppe Tavani, I*, Barcelona, Publicacions de l'Abadia de Montserrat, 2001, p. 83-84.]

2. Joan Puig i Ferreter, *L'art dramàtica i la vida* (1908) (fragments)

Mentre el pagès llaura, el poeta s'està plegat de braços, se passeja pel bosc, o bé jeu al prat, a l'ombra d'un salze. La gent li dirà mandrós sense saber que, en aquella hora, una força de la natura com la que mou els braços del pagès i agita el pit de ses mules, fa néixer en la imaginació

5. «Fecond». En el sentit de «fecund».

del poeta el fruit d'un treball lent i misteriós, la idea que realça l'esperit dels homes de les fatigues de la lluita diària. Potser els mateixos fills del pagès, dintre alguns anys, trobaran en l'obra del poeta el repòs de llurs tempestes juvenils, el dolç esplai que calma els turments amorosos; potser la seva ànima, de procedència rústica, s'elevarà a una idealitat generadora de gran accions, gràcies al poeta. El cantor de la bellesa que hi ha en totes les coses, és l'inconscient o conscient guiador dels actes humans, i perquè durant tota una època, o en un país determinat, la seva intervenció en la vida sigui desconeguda o oblidada, no per això deixa d'ésser una realitat la seva influència.

Veieu com als vint anys tots sentim néixer ales al cor per volar a l'aventura un matí hermós de primavera, o ens adormim una nit pensant que l'endemà un esdeveniment inesperat canviarà l'aspecte de la nostra existència. És el poeta que hi ha en tot home que rima interiorment una bella fantasia. Ell és l'amo del nostre ésser durant la bona joventut, quan la vida se'ns apareix com una extensa vall florida i verdejant, aquella edat l'encís de la qual un vell condensava un dia exclamant: «Viure és tenir vint anys!» Oh, santa joia dels vint anys, per tu hem aspirat l'ocult perfum de la flor de la vida!

Doncs, el poeta és l'home que sap fer eterna aquesta emoció per entre les punyides i dolors de la nostra caminada. Ell teixeix al nostre entorn un vel de llum i boira, que amaga les formes lletges i aclareix les belleses de la terra. Ell és qui ens dóna idea de lo perdurable a nosaltres, pobres espectadors de coses transitòries. «Jo no sóc res davant l'eternitat!», diu l'home nihilment. «Tu ets la mateixa eternitat!» li diu el poeta i li assenyala Prometeu, Faust, Brand. L'home, planta entre plantes, ocell entre els ocells, se mira a l'espill que el poeta li ofereix i se sent poderós com un element, brillant com el sol, inquiet com el mar, emanació de Déu, Déu ell mateix.

El poeta és qui ha donat als humans l'orgull de l'*home*, la consciència de la seva força, la fe en la seva obra. Si immortal és la idea de Déu (el Déu cristià, el Gran Tot dels panteistes, el Júpiter dels grecs, el Brahma dels indis, etc.) no menys immortal és la idea d'Èsquil, d'Homer, de Shakespeare. Com Satanàs és l'etern rebel, ja que la seva natura superior en vidència profètica el fa estar en pugna amb la vella tradició. Abans que la ciència, ell ha meravellat amb les seves paraules de bellesa precursores dels fets. Ell és el destructor i el constructor. Recull del passat els elements amb els quals l'obra de natura crea l'avenir. És l'home que lluita per qui la pau no té més encís que el de les hores de la nit destinades al somni; i és també el gran consolador, el gran serè, l'àmfora que vessa el bàlsam del repòs a l'esperit dels mortals. [...]

I Shakespeare, Ibsen, Hauptmann, ens han fet sentir que no és la mort lo més dolorós per l'home, sinó la mateixa vida, quan el seu timoner, l'home, no sap conduir o no pot conduir la barca. D'aquí la nostra admiració per als grans creadors que han lligat profundament la seva obra amb la vida, realçant-la.

Aneu veient ara com el poeta és un instructor, un conductor de l'home?

Doncs aquest conductor té un temple, una acadèmia que obre de bat a bat al poble perquè vagi allí a sadollar-se de l'essència de les coses: el teatre. El dia que el teatre no fos explotat, com qualsevulla empresa negocial, sinó dirigit per homes que, a l'amor a la bellesa, hi ajuntessin l'amor a la humanitat; el dia que el poeta i no altres, el poeta solament, oficiés en el sagrat del temple, el teatre seria com element espiritual del poble, lo que és el pa i el vi per al seu cos. Fixeu-vos com insisteixo a dir poeta. Sí; perquè sense el poeta res de lo dit és cert; el teatre és un temple buit de divinitat i tots els crits que en ell ressonin se perden eixorcament sense deixar en l'ànima ni impressió ni record. Aquest és el mal; el teatre com ha de ser, el teatre que somnia el poeta, per què no atrau el públic com el teatre groller i llord que s'omple cada nit?

Tots ne tenim un poc la culpa. Per cada obra que s'estrena d'un veritable poeta, se n'estrenen vint que son d'un metge sense malalts, d'un advocat sense plets, d'un periodista amable, d'un senyor crític, d'un simple erudit, d'un literat incolor, quan no d'un empresari avariciós, i l'art dramàtica mor en mans d'aquesta gent, com una llavor dels déus caiguda en terra erma. Després s'ha abusat massa de la realitat banal, de la vida ordinària en l'art de la nostra època. El poble ha trobat a mancar l'element heroic en el teatre. Li han pintat massa bé la pròpia banalitat alguns talents mitjans. Realment el poble ha vist que sabíem molt bé observar les seves coses i traslladar-les en la nostra obra. I de moment se n'ha sentit joiós. Però després ha dit: «Voldria veure jo una força creadora, transformadora de la realitat nostra en essència eterna, voldria una imaginació que fos capaç de crear concepcions tan fondes i palpitants com la vida; sols aleshores aclamaré entusiasmat el Poeta.» En efecte; no hem tingut presents les paraules de Nietzsche en crear la nostra obra: «Aquesta posternació davant els detalls és indigna del veritable artista.» Fins ara, quan hem fet realisme no hem pas fet realitat, no hem arribat al subfons de la vida. Siguem de la nostra època, però no prenent-ne lo superficial i exterior, sinó descobrint lo que en ella hi ha de gran, d'etern; aquesta és la missió del poeta, avui més que mai. Si volem fer obra sincera no hem de buscar que el públic ens aplaudeixi de joves, sinó que ens estimi i veneri en la vellesa. I no ens precipitem tots junts, car la precipitació perd moltes de les nostres obres. No vulguem avortar abans de parir; una idea, un sentiment cal que es tornin sang de la nostra sang, ànima de la nostra ànima abans de treure'l al gran aire. I quan el poble clami: «I el somni? Per què no em fas somniar delitosament algun cop, poeta?», nosaltres guardem-nos bé de recórrer a les velles rimes buides, massa estimades pels nostres més joves poetes. I a tota hora, almenys com a homes, pensem que no n'hi ha prou d'estudiar els homes i fer-los viure en les nostres obres, és necessari també interessar-se per llur perfeccionament.

Mes no entenem per art popular certes manifestacions que darrerament s'han batejat amb aquest nom. Ai, de les obres que disfressant-les d'un caient popular per mitjà de cançonetes, rondalles i paraules sentint a la farigola, no contenen cap dels sentiments d'amor, de lluita, d'odi o de dolor del poble!

No conec més art popular que un: el del poeta sincer que s'encara amb la vida sense preocupacions. Popular és el Faust, populars són el Quixot i l'Otel·lo, populars seran totes les obres que, tenint llurs arrels en l'home, floreixin en una esfera d'independència, lliures de modes i d'escoles.

El poeta ve del poble, canta, i el seu cant porta l'ànima popular expressada en forma bella, senzilla i refinada alhora. És la seva originalitat enriquida que porta al món una nova obra catalana, alemanya, francesa, però sobretot universal. Mes entendre l'art popular com s'ha entès sovint a Catalunya, és un error. Els músics (hi ha alguna jove i gloriosa excepció) no creen, sinó que copien; els poetes imiten grollerament, creant tots junts un art popular de retaule. I és que solament de l'Ateneu estant, entre bastidors, ni de les *penyes* on se menysprea tot lo que no és literatura, no brollarà l'obra popular. Cal conviure amb el poble, estimar-lo humanament, sentir el seu esperit, recollir la seva paraula viva. Mes aquí ens allunyem de lo que té de viu, de dolorós, de personal i gran. Només veiem en ell lo pintoresc, el color, la nota típica; només l'artista s'interessa davant d'ell; l'home resta fred, indiferent. Ja és hora de fondre-la, aquesta dualitat de l'home i l'artista. Les grans obres, ho he dit fa un instant, són filles del talent i del caràcter. I aquí, entre nosaltres, sembla que el prurit és anul·lar l'home davant l'artista. Sabeu com l'entenc, jo, l'obra popular? Donant la meva ànima plena de pietat, d'amor i de justícia a la meva obra, perquè l'home, en llegir-la, senti profunds anhels de redempció per ell i pels altres. I no és que no em plagui flairar delitosament les flors del Gran Poeta Anònim... Mes abans de tocar-les, vull que les meves mans esdevinguin pures a força de sacrificis. [...]

[Fragments de la conferència llegida el 8 de novembre de 1908 al Teatre Novetats de Barcelona. Reproduït de Joan Puig i Ferreter, *Textos sobre teatre*, Barcelona, Publicacions de l'Institut del Teatre / Edicions 62, 1982, p. 17-38.]

3. Joan Puig i Ferreter, «Del cingle al pla; del llop a l'home»

DEL CINGLE AL PLA; DEL LLOP A L'HOME

Jo vull[1] sentir el bramul de la ventada,
segut[2] d'un cingle immens en el bell cim,
al temps que, ben serena la mirada,
contemplo la fondària de l'abim.
Jo vull sentir el bramul de la ventada,
tenint ma cabellera destrenada,
mentre que l'orc, botent, es fa polsim.

Jo vull sentir el cruixit que fa la soca
del roure cargolat per l'huracà
quan, davallant del cingle, amb altra xoca,
i a l'empenta del vent vull oscil·lar.
Jo vull sentir el cruixir que fa la soca
tot i clavant mes ungles a la roca,
que amb perills vull aprendre de lluitar.

Jo vull sentir el ressò de la tempesta
i l'udolar del llop en nit feresta
amb cel de llamps i música de tro.
Jo vull, mentres apar[3] que s'esmicola
el cingle gegantesc i el món tremola,
cantar un himne de festa,
com si el Déu de la terra sigués jo.

1. «Vull». En l'original apareix sistemàticament la forma dialectal «vui».
2. «Segut». Per «assegut».
3. «Apar». En el sentit de «sembla».

I, domada Natura en plena guerra,
deixaré mon palau de dalt la serra
i per la Vida amb l'home lluitaré.
(Vull saber si és el monstre de la Terra.)
Si ell venç al que ha rendit la mestralada,
jo, allavores, tranquil·la la mirada,
cap al cingle gegant me'n tornaré.

[Publicat a *Antologia de poetes catalans d'avui*, Barcelona, Biblioteca Popular de L'Avenç, 1913]

Bibliografia

Obra de Joan Puig i Ferreter (teatre)

La dama enamorada, Barcelona, Edicions 62, 1965 («Antologia Catalana», 14). Reeditat en nombroses ocasions i en diverses col·leccions.

La dama enamorada, versió de Guillem-Jordi Graells, Barcelona, Proa, 2001 («Teatre Nacional de Catalunya», 25).

Aigües encantades, Barcelona, Edicions 62, 1973 («El Galliner», 20). Reeditat en nombroses ocasions i en diverses col·leccions.

Aigües encantades, Barcelona, Biblioteca Hermes, 2001 («Clàssics Catalans», 17).

Teatre complet (sis volums), Tarragona, Arola Editors, 2001-2003 («Biblioteca Catalana», 2, 3, 4, 9, 10, 15).

Bibliografia sobre Joan Puig i Ferreter (amb especial atenció a la seva faceta d'autor teatral)

CASACUBERTA, Margarida, «*La dama enamorada*, un drama modern», pròleg a Joan PUIG I FERRETER, *La dama enamorada*, Barcelona, Proa, 2001, p. 19-35.

DIVERSOS AUTORS, *Joan Puig i Ferreter, «La dama enamorada»*, Barcelona, Teatre Nacional de Catalunya, 2001.

FÀBREGAS, Xavier, «Josep Pous i Pagès, Joan Puig i Ferreter i la crisi del teatre català», dins *Aproximació a la història del teatre català modern*, Barcelona, Curial, 1972, p. 197-223.

FÀBREGAS, Xavier, «*La dama enamorada* de Joan Puig i Ferreter», dins Jordi CASTELLANOS (ed.), *Guia de literatura catalana contemporània*, Barcelona, Edicions 62, 1973, p. 123-128.

FOGUET i BOREU, Francesc, «Joan Puig i Ferreter: teatre d'idees i passions (1904-1912)», *Revista de Catalunya*, núm. 182 (març 2003), p. 50-92.

GRAELLS, Guillem-Jordi, «Epíleg informatiu a les novel·les d'*El pelegrí apassionat*», dins Joan PUIG I FERRETER, *El pelegrí apassionat. L'Ascensió*, Barcelona, Proa, 1977, p. 397-430.

—, «Estudi introductori. La producció dramàtica de Joan Puig i Ferreter», pròleg a Joan PUIG i FERRETER, *Teatre complet* (volum I), Tarragona, Arola Editors, 2001, p. 9-45.

—, «Introducció» a Joan PUIG i FERRETER, *Servitud. Memòries d'un periodista*, Barcelona, Proa, 2002, p. 5-41.

—, «Pròleg» a Joan PUIG i FERRETER, *Textos sobre teatre*, Barcelona, Publicacions de l'Institut del Teatre / Edicions 62, 1982, p. 5-16.

—, «Puig i Ferreter: del teatre a la novel·la», pròleg a Joan PUIG i FERRETER, *L'home que tenia més d'una vida*, Alella, Pleniluni, 1980, p. 5-18.

—, «Una dramatúrgia de *La dama enamorada*», dins Joan PUIG i FERRETER, *La dama enamorada*, Barcelona, Proa, 2001, p. 9-18.

MARTÍ i BAIGES, A., «Joan Puig i Ferreter i la seva obra», *La Nova Revista*, núm 14 (febrer 1928), p. 148-161; núm. 16 (abril 1928), p. 343-356.

SUNYER, Magí, Pròleg a Joan PUIG i FERRETER, *Textos reusencs (1897-1911)*, Reus, Edicions del Centre de Lectura, 1983, p. 5-18. Reproduït a Magí SUNYER, *Modernistes i contemporanis. Estudis de literatura*, Reus, Edicions del Centre de Lectura, 2004, p. 89-98.

Bibliografia sobre *Aigües encantades*

CASACUBERTA, Margarida, «Introducció» a Joan PUIG i FERRETER, *Aigües encantades*, Barcelona, Biblioteca Hermes, 2001, p. 5-43.

COSTA, Jaume, «Pròleg» a Joan PUIG i FERRETER, *La dama enamorada*, Barcelona, Edicions 62, 1965, p. 7-14.

DIVERSOS AUTORS, *Joan Puig i Ferreter, «Aigües encantades»*, Barcelona, Teatre Nacional de Catalunya, 2006.

GAROLERA, Narcís, «De Joan Maragall a Joan Puig i Ferreter. Vuit cartes inèdites», dins DIVERSOS AUTORS, *Estudis de llengua i literatura catalanes / XLII. Miscel·lània Giuseppe Tavani, I*, Barcelona, Publicacions de l'Abadia de Montserrat, 2001, p. 77-89.

GRAELLS, Guillem-Jordi, «Pròleg» a Joan PUIG i FERRETER, *Aigües encantades*, Barcelona, Edicions 62, 1973, p. 5-22. Reeditat en nombroses ocasions i en diverses col·leccions.

SUNYER, Magí, «Joan Puig i Ferreter, *Aigües encantades*: comentari del diàleg final», dins DIVERSOS AUTORS, *Comentaris de literatura catalana de COU 1988-1989*, Barcelona, Columna, 1988, p. 25-36. Reproduït a Magí SUNYER, *Modernistes i contemporanis. Estudis de literatura*, Reus, Edicions del Centre de Lectura, 2004, p. 99-108.

VILÀ i FOLCH, Joaquim, «*Aigües encantades* de Joan Puig i Ferreter», dins DIVERSOS AUTORS, *Lectures de COU 1988/89* (volum I), Barcelona, La Magrana, 1988, p. 39-76.

Bibliografia complementària

CANYAMERES, Ferran, *El gran sapastre. Vida exterior d'un escriptor. Etopeia*, Caldes de Montbui, Agut editor, 1977. Reproduït a Ferran CANYAMERES, *Obra completa, IV*, Barcelona, Columna, 1994.

CURET, Francesc, *Història del teatre català*, Barcelona, Aedos, 1967.

FÀBREGAS, Xavier, *Història del teatre català*, Barcelona, Millà, 1978.

GALLÈN, Enric, «El teatre», dins Joaquim MOLAS (dir.), *Història de la literatura catalana. Part moderna. Volum VIII*, Barcelona, Ariel, 1986, p. 379-448.

PUIG i FERRETER, Joan, *Textos sobre teatre*, Barcelona, Publicacions de l'Institut del Teatre / Edicions 62, 1982.

PUIG i FERRETER, Joan, *Textos reusencs (1897-1911)*, Reus, Edicions del Centre de Lectura, 1983.

SIGUAN, Marisa, *La recepción de Ibsen y Hauptmann en el Modernismo catalán*, Barcelona, Promociones y Publicaciones Universitarias, 1990.

SUNYER, Magí, *Els marginats socials en la literatura del grup modernista de Reus*, Reus, Associació d'Estudis Reusencs, 1984.

Pàgines web

www.escriptors.cat/autors/puigiferreterj/comentaris.html. Pàgina sobre Puig i Ferreter del web de l'Associació d'Escriptors en Llengua Catalana.

www.tnc.es/ca/arxius/programacio/05-06/guia_aigües.pdf. Material didàctic a propòsit d'*Aigües encantades*.

www.tnc.es/ca/arxius/programacio/05-06/activitatscreditsintesi_aigües.pdf. Proposta de crèdit de síntesi a propòsit d'*Aigües encantades*.

www.mallorcaweb.com/magteatre/novel.la-i-teatre/puig.i.ferreter.html. Pàgina amb informació general sobre Joan Puig i Ferreter i la seva obra.

